KB155110

그린비, 꿈을 노래하다

그린비, 꿈을 노래하다
초판 1쇄 인쇄_ 2014년 6월 5일 | **초판 1쇄 발행**_ 2014년 6월 10일
지은이_그린비 | **엮은이**_이은희 | **펴낸이**_진성옥 · 오광수 | **펴낸곳**_꿈과희망
디자인 · 편집_김창숙, 박희진 | **마케팅**_최대현, 김진용
주소_서울시 마포구 토정로 222 B동 1층 108호
전화_02)2681-2832 | **팩스**_02)943-0935 | **출판등록**_제1-3077호
http://www.dreamnhope.com| e-mail_ jinsungok@empal.com
ISBN_978-89-94648-65-1 43810
※ 책 값은 뒤표지에 있습니다.
※ 새론북스는 도서출판 꿈과희망의 계열사입니다.

그린비, 꿈을 노래하다

그린비 지음 | 이은희 엮음

꿈과희망

책머리에 1

"거수로 정하자. 1번 꿈이 좋은 사람?"

"다음, 2번 노래가 좋은 사람?"

그렇게 아이들의 회의 끝에 2013년 '그린비(성광고의 글쓰는 그리운 선비)'의 책쓰기 테마가 정해졌다. '열일곱, 열여덟 살의 꿈, 그리고 그들이 즐겨 듣는 노래.'

이번이 세 번째 작품집이다. 두 번째 작품집까지는 교사가 테마를 제안하였다면 이번에는 이렇게 학생들이 정했다. 처음 들어온 1학년 학생들은 어리둥절해 하며 대세를 따르는 분위기였고 이제 선배가 된 2학년들은 마지막 책쓰기 활동이라는 이유로 자기 주장을 뚜렷이 했고, 의견이 관철되지 않으면 따로 찾아와서 호소하기도 했다. 이렇게 난투(?) 끝에 정해진 테마라 처음에는 글쓰기가 쉽지 않았다. 그러나 결과물을 내는 지금, 이전의 작품집들에 뒤지지 않는 좋은 글이 나오게 되어 아이들이 참 대견하고 고맙다.

무엇보다 뜻깊은 것은 시를 스토리텔링 형식으로 소설화했던 첫 번째 작품과 일상의 사물들을 사진에 담고 에세이 형식으로 풀어보았던 두 번째 작품에서는 보기 힘들었던 우리 아이들의 진솔한 삶의 이야기와 그들의 속마음을 아주 가까이에서 만나보게 된 것이다. 무뚝뚝하기만 한 우리 남고생들의 가슴에도 얼마나 예쁜 꿈들이 팔딱대는지……. 더불어 '만남과 헤어짐, 미래의 나, 가장의 무게' 등 십대다운 고민들이 진하게 배어 있음도 눈여겨볼 만하다.

'꿈이 무엇이니?' 라고 물어보면 대부분의 학생들은 머뭇머뭇한다. 얼마 전 31명의 학생들과 수업하면서 '1학년을 마무리하는 지금, 가고 싶은 대학이나 학과를 어렴풋하게나마 정한 사람?' 이라고 물었더니 겨우 9명이 손을 들었다. EBS의 한 진로교육 프로그램을 보니 많은 학생들이 고3 들어와서 혹은 수시 원서 쓸 때 진로를 정한다고 하니 우리 1학년 학생들의 이런 반응도 무리는 아니다. 내가 무엇을 잘하는지 모르겠고 세상에 어떤 진로가 펼쳐져 있는지도 잘 모르겠으며 한편으로는 아직 하고 싶은 일이 너무 많기도 해서일 것이다. 그래서 나는 자주 이야기한다. '어떤 모습으로 살아갈지' 심각하게 고민해 보라고……. 잘 모르겠으면 '무엇을 할 때 가장 자신이 있으며 어떤 일을 생각하면 가슴이 뛰는지, 더불어 그 일이 타인에게 유익을 줄 수 있는 일인지' 깊이 생각해 보라고…….

사실은 내가 그랬다. 수학 · 과학이 재미있기는 한데 성적은 지루한(?) 국어가 더 낫고, 교사가 되면 괜찮을 것 같긴 한데 중학교 때부터 마음에 품었던 음악이 눈에 밟혀 음악 교사가 되면 좋을 것도 같고……. 이 때문에 문 · 이과 계열을 선택하면서부터 갈팡질팡했고 대학을 갈 때도 그랬다. 교사도 좋지만 언론, 출판, 광고 등 더 다양한 분야로 진출하는 것도 좋을 것 같아 사범대가 아닌 인문대로 진학을 했고 그 결과 조금 더 둘러 와서 남들보다 조금 늦게 교단에 서

게 되었다.

후회는 하지 않는다. 둘러 오는 가운데 직선코스로 달렸더라면 느끼지 못했을 귀한 깨달음을 얻게 되었고 조금 더 겸손해지는 등 삶의 태도도 달라질 수 있었으니까. 그러나 아무런 고민없이 고1, 2학년을 보내다가 뒤늦게 후회하게 될까 봐 진로 찾기의 중요성을 늘 이야기한다.

그런 의미에서 이번 책의 테마는 의의가 크다. 1부는 꿈에 대한 단상이나 꿈을 가지게 된 계기, 혹은 꿈을 이룬 사람을 찾아가 인터뷰 한 내용 등을 에세이 형식으로 풀어 냈다. 2부는 꿈을 이룬 자신의 모습을 상상하여 여러 가지 문학적 장치를 이용해 소설화하였다. 3부는 우리 학생들이 평소 즐겨듣는 노래에 대해 그 가사를 에세이 형식으로 소개했으며, 4부는 그 노래 가사 혹은 노래의 분위기를 떠올릴 수 있을 만한 이야기를 소설로 꾸며내었다.

이 글을 읽으면서 독자들도 우리와 함께 꿈을 고민하거나 그 옛날 품었던 꿈을 추억했으면 좋겠다. 나이에 상관없이 꿈은 늘 꿔야 하는 거니까……. 리듬과 멜로디가 좋아 즐겨 들었던 노래에 대해 가사를 곱씹어보는 일도 이 책을 통해 일어났으면 좋겠다. 그런비 학생들의 이 글들이 여러분의 지성과 감성을 촉촉이 적셔줄 수 있기를 기대한다.

바쁜 학교 일정 가운데 잠도 설쳐가며 글을 쓴 그린비 학생들과 평일, 주말 할 것 없이 아이들의 원고를 붙들고 계셨던 이소형 선생님께 감사를 드린다. 그리고 테마를 정하고 글을 쓰기 시작할 때부터 아이들과 호흡하며 방향을 제시해 주셨던 손지나 선생님께도 감사드린다. 그리고 나의 바쁜 일정들을 염려하셔서 자원하여 그린비 아이들의 글을 세심하게 봐주시고 한 명 한 명 불러서 지도해 주신 조남선 선생님, 백승자 선생님, 진석수 선생님, 이병수 선생님께도 깊은 감사를 드린다. 이렇게 힘이 되어주시는 선후배 교사들과 함께 교편을 잡고 있는 나는 누구보다 행복한 교사다.

교사 이은희

책머리에 2

학생들에게 물어본다.

"너는 어떤 사람이 되고 싶니?", "너의 꿈은 뭐야?"

학생들은 대답한다.

"돈 많이 버는 사람이요.", "치킨집 사장님이요."

학생들에게 물어본다.

"네가 좋아하는 노래는 뭐야?"

학생들은 말한다.

"씨스타요.", "걸스데이 좋아요.", "수지 짱."

나의 심각한 질문 뒤에 돌아오는 학생들의 대꾸들은 모두 지극히 남자고등학생다운 대답들뿐이다.

누군가에게 자신의 꿈과 생각을 말하기에 서툰 아이들. 이 아이들이 가지고 있는 마음의 소리를 글을 통해 들어보고 싶었다. 또한 정신없는 고등학교 생활 속에서 살아가는 우리 아이들이 이번 글쓰기를 통해 자신의 꿈과 생각을 되돌아보는 시간을 가지기를 바랐다. 그래서 성광고 국어과 책쓰기 동아리 〈그린비〉 학생들은 자신의 꿈과 노래를 수필과 소설로 엮어 『그린비, 꿈을 노래하다』를 발간하게 되었다.

아이들이 쓴 글을 엮으면서 무뚝뚝한 남자 고등학생의 마음 속에 있는 예쁜 꽃씨를 발견하였다. 아이들의 글 속에는 선생님도 있고 경찰관도 있다. 꿈을 가진 이도 있고, 꿈이 생겨야 한다는 압박감에 시달리는 이도 있다. 이어폰 속의 노래를 통해 소중한 사람에 대해 생각해 보기도 하고, '이별' 을 간접 경험해 보기도 하며, '가식' 과 '배려' 의 관계에 대해 생각해 보기도 한다.

생각보다 자신의 꿈에 대해 깊이 고민하고, 주변의 것들에 민감하게 반응할 줄 알며, 감성적으로 다가갈 줄도 아는 우리 아이들을 발견하니 괜히 마음이 뭉클하고 벅차올랐다.

학생들의 꿈과 열정을 노래한 『그린비, 꿈을 노래하다』를 읽는 많은 이들도 저처럼 가슴 뭉클함과 벅차오름을 느꼈으면 하는 바람을 가져본다. 또한 먼 훗날, 순수한 꿈과 열정을 가졌던 우리 아이들이 어른이 되어서도 『그린비, 꿈을 노래하다』는 항상 청소년 시절의 풋풋함을 담은 소중한 추억으로 남길 바라본다.

교사 이소형

목차

제1부 열일곱, 꿈을 묻다

제2부 Dream? Dream!

제3부 나의 길을 노래하다

제4부 노래가 들려주는 이야기

사람은 누구나 꿈을 갖고 산다. 그것은 사람마다 다를 수 있기 때문에 종류와 색깔은 참으로 무궁무진하다. 가끔은 다른 사람들이 이해하지 못하는 엽기적인 것도 있을 것이고 자신만의 아주 독창적인 꿈도 있을 것이다.

그런데 우리나라 고등학생들은 열여덟 살, 열아홉 살이 되면 꿈을 잃고 방황하는 것 같다. 어린 시절 가졌던 꿈은 현실의 벽에 부딪혀 좌절하고, 자신이 새롭게 원하는 꿈을 꾸기에도 힘이 든다. 왜냐하면 그 원대한 꿈을 이루기 위해 자신이 해결하고 넘어야 할 세상의 많은 고개들이 만만치 않다는 걸 알게 되었기 때문이다. 그러다 보니 친구들 중에도 꿈을 가지고 있는 살아가는 아이들보다 아직 방황하며 자신의 꿈을 찾지 못한 친구가 더 많다.

제 1부

열일곱, 꿈을 묻다

목차

꿈은 소중하다

_2학년 한좌현

사람은 누구나 꿈을 갖고 산다. 그것은 사람마다 다를 수 있기 때문에 종류와 색깔은 참으로 무궁무진하다. 가끔은 다른 사람들이 이해하지 못하는 엽기적인 것도 있을 것이고 자신만의 아주 독창적인 꿈도 있을 것이다.

그런데 우리나라 고등학생들은 열여덟 살, 열아홉 살이 되면 꿈을 잃고 방황하는 것 같다. 어린 시절 가졌던 꿈은 현실의 벽에 부딪혀 좌절하고, 자신이 새롭게 원하는 꿈을 꾸기에도 힘이 든다. 왜냐하면 그 원대한 꿈을 이루기 위해 자신이 해결하고 넘어야 할 세상의 고개들이 만만치 않다는 걸 알게 되었기 때문이다. 그러다 보니 친구들 중에도 꿈을 가지고 있는 살아가는 아이들보다 아직 방황하며 자신의 꿈을 찾지 못한 친구가 더 많다.

나는 어느 쪽에 속할까? 부끄럽지만 나도 아직 꿈을 가지지 못한 대한민국 학생이다

고2가 끝나가는 요즘, 나는 내 자신에게 지금까지 무엇을 하며 살아왔냐고 묻고 싶다.

"넌 열여덟 살, 지금까지 무엇을 하며 살았니?"

"공부했지."

"공부를 하는데 왜 꿈을 찾지 못했지?"

"공부한다고 바빠서."

“무엇을 위해 공부를 했다는 거니? 꿈도 없이.”

“…….”

참 부끄러운 고백이다. 하지만 아무리 물어봐도 나 자신에게 한 질문의 답변은 늘 똑같다. 공부하느라 바빠서 꿈을 찾을 시간이 없었다는 것은 정말 한심한 핑계라는 것도 잘 알고 있다. 하지만, 나라는 존재는 마치 핑계를 통해서 나의 꿈에 대한 두려움을 회피하려는 듯, 그래서 누군가와 이야기를 할 때, 난 장래 이야기에 관해서는 약간 거리감을 둔다.

그런데 이러한 두려움은 결국 내가 공부하는 목적조차 무의미하게 느끼게 만들었다. 그래서 늘 극복하고자 노력을 해야만 하는 나와 내 자신의 싸움은 하루하루 고달프게만 느껴졌었다.

그러던 어느 날, 나에게 기회가 왔다. 그것은 바로 꿈에 관한 주제를 통해서 글을 써보자는 동아리 활동이다. 처음에는 매우 회의를 느꼈고 정말 하기 싫었다. 그러나 차츰 동아리 활동이면서 그와 동시에 내 미래와 연관이 되는 일이라는 생각이 들기 시작했다.

조금씩 글을 쓰면서 나는 마음속에서 무언가 꿈틀거리는 것을 느꼈다. 그 무언가가 무엇인지는 모르겠지만, 왠지 반갑고 설레는 것이었다. 더 늦기 전에 나도 나의 꿈에 대해, 미래에 대해 진지하게 고민해 보고 싶어졌다. 그렇다. 나는 동아리 활동을 통해서 내 꿈을 찾았다. 그리고 내가 공부를 왜 해야 하고 내 자신이 무엇을 원하는지도 알게 되었다.

만약 동아리 주제로 꿈을 선택하지 않았다면, 나는 아마도 꿈을 찾으려고도 하지 않고 방황하며 의자에 앉아서 무의미한 행동만 반복했을 것이다.

이 활동을 통해 내가 깨달은 것은, 꿈을 찾지 못하면 나 자신도 찾을 수 없다는 것이다. 꿈을 찾았다면 곧 나 자신을 찾은 것이다. 정말, 꿈은 소중하다.

다른 사람의 이목이나 권유보다는 나 자신을 진지하게 돌아보고 내가 좋아하는 것, 내가 잘하는 것에 대해 고민해 보기를 권하고 싶다. 그 꿈이 소박

하고 초라한 것일지라도 그것이 나의 길이라면 나 자신에게 당당할 수 있을 것이다. 꿈을 꾸고 꿈을 정하는 것을 두려워하지 말자.

국어선생님을 찾아서

_1학년 백규빈

오늘의 꿈에 대한 인터뷰는 그린비 활동이라는 이름으로 평소 궁금했던 이은희 선생님을 만나 오래 이야기 나눌 수 있는 기회였다. 많은 선생님들 중 특별히 이은희 선생님께 부탁한 것은 국어교사가 꿈이어서이기도 했지만 담임 선생님이라는 것도 컸다. 오늘 아침 대청소를 하고, 반에서 좋지 않은 일도 있어 힘드셨을 테지만 웃으시며 친절하게 물음에 답해주셔서 매우 감사했다.

내가 정말 궁금했었던 것 목록

1. 선생님이라는 직업을 가지게 된 계기와 담당과목을 국어로 정한 이유
2. 국어선생님이 되기 위한 과정들
3. 선생님이 되면서 가진 가치관
4. 처음 선생님이 되었을 때의 마음가짐
5. 현재 맡은 반과 그 반에 대한 마음
6. 앞으로의 다짐
7. 많은 고등학교 중 성광고등학교에 오신 이유

솔직히 1, 2번을 제외하고는 필요 없는 질문일 수도 있었다. 하지만 교사가 되는 과정보다 교사가 되어서의 생각과 생활이 더 중요하다고 생각하는지라 몇 번의 고민 끝에 넣게 되었다.

첫 번째 질문. 선생님이 된 계기와 특별히 국어선생님이 되신 이유.

이 질문에 선생님은 너무 솔직하게 대답해 주셨다.

선생님은 학생 때 선생님들이 아이들에게 얻는 인기도 부러웠었고, 존경하던 선생님을 보고서 이 직업을 선택하기로 하셨다고 한다. 그러나 시간이 갈수록 가르침의 즐거움에 더 눈이 갔고 아이들의 마음을 어루만져주고픈 마음이 생겼다고 한다. 또 방학 때 쉬면서 돈을 버신다며 농담도 하셨다.

내가 이 인터뷰를 하면서 가장 웃었던 이유 중 하나. 이은희 선생님이 국어교사가 된 이유다.

선생님은 이 질문을 듣고 웃으시며 하시는 말씀이

"쌤은 수학이랑 화학 좋아했는데 국어가 제일 쉬웠어."

엄청난 자신감이셨다.

'아, 역시 우리 선생님이다' 하는 생각과 함께 선생님이 만약 수학이나 과학을 전공하셨다면 과연 내가 이런 담임선생님을 만날 수 있었을까 하는 생각도 들었다. (참고로 우리 학교는 선생님의 학급 경영 계획, 교과목 등을 보고 학생이 담임을 선택하는 '담임선택제' 학교이다.)

첫 번째 질문이 끝나고 두 번째 질문, 어떻게 보면 가장 현실적인 질문인 국어선생님이 되는 과정이었다.

일반적으로는 교사가 되기 위해서는 사범대 국어교육과를 나와 임용고시를 쳐야 한다고 하셨다. 하지만 선생님은 인문대 국문학과가 교사 이외에도 방송, 언론 등 더 넓은 길이 열려 있다고 생각해서 그 쪽을 선택하셨고 졸업 후에는 교육대학원을 다니셨다고 했다. 그리고는 꿈이 분명하다면 사범대로 가는 것도 좋을 것이라고 말씀하셨다.

이 질문을 하면서 대학에 관해 더 많은 이야기들을 나눌 수 있었다.

세 번째 질문, 선생님이 되면서 가졌던 가치관.

이 질문을 한 이유는 남들보다 열정적이신 우리 선생님이 가졌던 마음이 궁금했기 때문이었다. 다행히 선생님은 생각을 행동으로 옮기시는 듯했다.

선생님께서는 사람은 누구나 실수를 할 수 있으므로 그 실수로 낙인을 찍으면 안 된다고 하셨고, 반 아이들 모두에게 주어진 일은 각자가 서로를 위해서 충실히 해주어야 한다고 하셨다. 예전부터 나는 조용했기 때문에 선생님들 눈 밖에 날 일은 없었지만 그렇지 못한 내 친구들은 매번 선생님들께 낙인 찍히고 혼이 났다. 그런 어른들을 볼 때마다 반감이 커져갔었는데, 이런 분이 담임선생님이 되어서일까. 왠지 안심이 되었다.

네 번째 질문, 아직도 처음의 마음을 가지고 있는가.

이 질문을 하면서 나는 90% 정도는 확신할 수 있었다. 선생님은 아직 초심을 잃지 않으셨다고……. 하지만 100%를 줄 수 없었던 것은 최근 우리 반에 일어난 많은 문제들로 인해 선생님께서 힘들어하시는 것 같았기에 혹시나 하는 마음이 있었던 것이다.

시간이 흐르면서 사람은 초심을 잃는 경우가 많다. 그래서 선생님에 대해서도 걱정이 되었다. 그러나 다행히도 선생님은 아직 열정이 넘치신다고 하셨고 그 열정을 잃고 싶지 않다고 하셨다.

다섯 번째 질문, 지금 맡은 반에 대한 생각들.

이 질문은 어떻게 보면 너무 사적인 내용이지만 내 미래의 모습을 생각해보면서 질문을 했다. 선생님은 내게 '약간 신앙적인 이야기가 있는데 괜찮겠

니?' 라고 하셨고 내가 괜찮다고 하자 살짝 웃으시며 이야기하셨다.

선생님은 처음에 공부도 잘하고 말도 잘 듣는 좋은 반을 원하셨고 우리 반을 위해 매일 기도를 했다고 하셨다.

'공부도 잘하고 착한, 그런 좋은 반을 만날 수 있게 해주세요.' 라고…….

그러나 기도하시는 중에 자꾸 '너를 필요로 하는 아이들을 돌봐야지.' 하는 마음이 계속 생겨났고 그 후로 기도 내용을 바꾸셨다고 하셨다.

'나를 필요로 하는 아이들을 만나게 해주세요.' 라고…….

그 기도에 응답했는지 지금의 반을 만나게 되었고 덜 성숙했지만 착한, 그런 예쁜 반을 만났다고 하셨다. 그러면서 솔직히 힘들지만 아이들 하나하나에 대한 기대감을 가지고 있다며, 이게 다 하나님의 뜻이 아니겠냐고 하셨다.

여섯 번째 질문. 앞으로의 다짐.

나는 선생님이 내 선배들과 후배들에게도 이런 관심을 줄 수 있기를 원했고 그래서 이 질문을 했다.

선생님은 아직 열정이 가득하니 걱정 말라고 하시면서 '아이들 앞에서는 끝날까지 이 열정을 지니며 살고 싶다.' 고 말씀하셨다.

마지막 질문. 성광고등학교에 오신 이유.

그 이유는 간단했다. 다른 학교와 달리 기독교 재단인 성광고등학교에서는 하나님의 뜻을 전하는 것이 허용이 될 것이라고 생각했기 때문이었다. 부활절과 추수감사예배 등을 '일찍 마치는 날' 로만 생각하던 나에게 교회와의 인연을 맺게 해주신 말씀이었다.

목적이 조금 어긋나기는 했지만, 이 시간은 내가 본보기로 삼을 수 있는 분을 만났으며, 이은희 선생님의 열정을 뛰어넘을 수 있는 선생님이 되어 자랑스럽게 다시 찾아뵈어야겠다는 목표가 생긴 시간이었다.

꿈이라는 것이...

_2학년 이동광

내 꿈은 행복한 가정의 가장이 되는 것이다. 크게 본다면 큰 꿈이고 작게 본다면 소박한 꿈인 것 같다.

나에게는 자습시간에 잠이 올 때나 공부하기가 너무 싫어질 때, 그럴 때마다 힘이 되어주고 책상 앞에 나를 붙잡아 두는 상상이 있다. 그것은 바로 미래의 내 모습이다. 짧게는 3분, 길게는 10분 정도 상상을 하고 나면 잠이 확 달아나고 공부에 대한 의지가 불타오른다. 주로 꿈을 이루고 난 후의 모습을 그려보는데 그 상상만으로 나는 행복해진다.

사랑스러운 아내가 있고 해맑은 아이들이 있다. 내가 늦게 퇴근하고 피곤에 폭 젖어서 현관문을 열면 보글보글거리는 찌개소리와 아내의 칼질소리, 그리고 맛있는 냄새가 풍겨온다. 아이들은 나를 보며 달려와 매달리고 나는 그런 아이들을 한 팔로 번쩍 들며 장난을 친다. 아내가 부엌에서 앞치마에 손을 닦으며 나와서 나를 보며 웃는다. 웃는 아내의 얼굴에 주름이 생긴 것을 보며 미안한 마음과 고마운 마음에 두 팔을 벌려 안아준다. 아이들이 놀린다. 옷을 갈아입고 나오자 식탁 위에는 정성스러운 음식들이 차려져 있다. 식탁에서 아이들의 말을 잘 들어주는 아내를 보며 나는 웃는다.

대충 이런 상상을 하다보면 어느새 잠은 사라져 있고 의욕만이 남아 있다. 행복한 가정을 꾸리는 데 공부는 왜 하냐고 물을 수도 있는데 가정이 행복하려면 안정된 가계가 정말로 중요하다. 가계가 안정돼야 불안감이 해소되어

가족 내에서의 화목을 유지할 수 있다. 그래서 나는 장래희망을 소설가에서 국어선생님으로 바꾸었다. 소설가는 수입이 일정하지 않아서 가정에 피해를 줄 수도 있기 때문이다. 그와는 반대로 국어선생님은 선생님이라는 직업상 안정감을 주는 것은 물론이고 가정에 피해를 줄 일도 많이 없다. 물론 내가 소설가를 포기한 것은 아니다. 소설을 쓸 때만큼은 자유로운 느낌을 받기 때문이다. 국어선생님이 되려는 이유도 소설을 계속 쓸 수 있을뿐더러 학생들에게 소설의 재미를 알려줄 수 있기 때문이다.

나는 행복한 가정을 더 오래 누리기 위해 결혼을 빨리 하려고 생각한다. 25살이 되었을 때가 적절한 거 같다. 이러한 나의 계획을 어머니께 말씀드렸다. 나는 '잔소리나 한 바가지 얻어먹겠지' 싶었는데 의외로 어머니께서는 좋아하셨다. 20대의 뜨거운 청춘을 쓸모없는 곳에 쏟아붓는 것보다 한 여자에게 진득하게 잘해 주고 가정에 애정을 쏟는 것이 백배는 더 좋다고 칭찬까지 해주셨다. 대신 네가 안정적인 직장을 잡고 나서 해도 늦지 않다는 말씀을 덧붙이셨다.

그 말에 내 마음에는 동요가 일었다. 젊은 나이에 안정적인 직장을 잡으려면 능력을 인정받아야 한다. 그러기 위해서는 공부를 잘해야 했고 그러지 못했던 나는 기피대상이었던 책상에 앉아 공부를 하기 시작했다. 원하는 대학의 입시정보도 찾아보았고 부족한 부분을 열심히 채워나가는 중이다. 꿈이라는 것이 나에게 원동력이 되어주고 있다.

가고 싶은 방향

_1학년 권기웅

나에겐 꿈이란 무엇인가? 정말로 꿈만 꾸는 것인가? 솔직하게 나는 꿈에 대하여서 세세히 생각해 본 적은 없다. 지금까지 '어떻게든 먹고 살 것'이라는 근거 없는 자신감만 가지고 살았던 나는 현실을 무서워하고, 미래로 가는 것은 두려워하는 겁쟁이였다. '꼭 나만 이런 생각을 가지는 것일까. 다른 사람들에게 꿈이란 무엇일까. 물질적인 삶을 위해서, 자신의 명예를 위해서, 자신의 만족을 위해서? 도대체 사람들은 왜 꿈에 집착하고 그것을 좇는 것일까?'

이렇게 꿈에 대해 의심을 품는 나도 꿈을 가지고 있다. 그 꿈은 교사다. 재물을 목적으로 교사를 선택한 것은 아니다. '누군가에게 꿈을 같이 찾아주는 사람이 되고 지루하지 않을 직업이 무엇일까' 생각해 본 결과 교사를 꿈꾸게 되었다. 교사가 되어, 지금 이 글을 쓰고 있는 나와 같은 아이들을 도와주고 싶다. 지금도 꿈을 찾지 못해 방황하고 있는 친구들이 있을 것이라고 생각한다. 그런 친구들을 상담하고 그들과 진정한 이야기를 나누어보고 싶다. 또 하나, 아이들이 궁금해 하는 것, 즉 학문의 목마름을 나의 정확한 설명으로 해결해 주고 싶다. 내 지식을 나누고 공유하고 싶기에 교사가 되고 싶다. 학교생활을 하면서 배우는 재미를 누려보았으니 제2의 학교생활은 가르치면서 즐거움을 누려보고 싶다.

행복한 사람은 무엇보다도 '내가 즐거워 열심히 하면서 돈도 벌 수 있는 일을 하는 사람'이다. 일에서 재미를 느끼지 못한다면 그 일은 힘들어질 수

밖에 없고, 피곤함만 느낄 뿐이다.

나에게는 지금 선택할 수 있는 여러 가지 길이 있다. 하지만 그 갈림길 위에 걸려 있는 표지판은 '교사'를 가리킨다. 하나의 학급을 이끄는 선장 또는 우두머리로서, 배를 함께 탄 학생들과 배를 운행하고 싶다. 선장 혼자서 배를 이끄는 것은 절대로 불가능하다. 나를 정말로 믿어주고 나를 진심으로 필요로 하는 아이들을 만나 보았으면 좋겠다.

교사로의 길은 나의 행동에 따라서 넓어지거나 좁아질 수 있다. 단번에 그 길을 넓히려는 것은 말도 안 되는 일이지만 조금씩 넓히기 위해 지금 나는 최선을 다해 노력하고 있다. 국어 교사를 위하여서 국어에 대한 많은 관심을 가지고 있으며, 책쓰기 동아리인 '그린비'에도 소속되어 열심히 글을 쓰고 있다. 앞으로도 꾸준히 노력하여서 그 꿈을 이룰 것이다.

그 목표를 달성했을 때 얻을 수 있는 보상은 매우 크다. 아이들에게 무언가를 가르쳐주고 그 아이가 나로 인해서 좋은 성취를 얻게 된다면 그보다도 값진 직업은 없을 것이다. 하루아침에 겁쟁이가 배의 선장이 되는 일은 없듯이 열심히 과정을 천천히 밟아서 아이들에게 존경 받는 교사가 되고 싶다.

내 생애 최고의 순간

_1학년 이환우

중1 때 나에게 많은 일들이 생겼다. 첫 번째로는 글과 노래를 좋아하게 되었다는 것이고, 두 번째로는 할머니가 돌아가셔서 그 전엔 알 수 없었던 아버지의 마음도 알게 되고 후회라는 감정도 느끼게 되었다는 것이고, 세 번째로는 처음으로 가출이란 걸 해서 서울로 올라가본 경험이었다. 지금 생각해 보면 이 세 가지 경험이 나를 있게 해준 것이 아닌가 싶어 그저 고맙다.

첫 번째 경험으로 얻은 것은 지금의 나를 살아 숨 쉬게 해준 것이다. 글과 노래가 내 삶을 윤택하게 해주었으며 나를 달라지게 만들었다. 마음이 안정되는 것은 물론이고 좀 더 넓은 생각을 갖게 했다.

두 번째 경험으로는 좀 더 넓은 안목을 가지고 죽음이라는 것에 대해 좀 더 깊은 생각을 하게 되었다. 아버지는 할머니가 돌아가셨을 때 할아버지께도 제대로 효를 못했는데 할머니마저 이렇게 보내드리게 되니 안쓰럽고 속상하다고 하셨다. 가끔씩 술을 드실 때마다 아직도 이 말씀을 하신다. 생각해 보면 나도 그럴 것 같다. 죽음이라는 것은 내가 아직 뭘 모를 때 찾아오는 것 같기 때문이다. 때문에 주변 친구들에게는 후회가 남지 않도록 항상 생각하면서 대한다. 하지만 그런 생각이 어머니에게만은 덜 하게 되는 것 같아 나를 슬프게 한다.

세 번째 경험에서는 이전과는 사뭇 다른 느낌이 들었다. 그 날은 1월 중순으로 날씨가 심히 차가웠다. 어머니와 싸우고 집을 나온 나는 당시 좋아하던 게임을 보려고 서울 방송국에 올라가기로 결심했다. 북구1을 타고 서대구 버스터미널에서 10시 55분 심야우등 버스를 타고 서울에 내린 순간 흰 눈이 나를 반겨왔다. '춥다' 라는 생각보다는 대구와는 사뭇 다른 분위기에 신나고 들떠 있었다. 막상 생각하면 막막하기만 할 것 같지만 그런 기분은 없었고 그냥 무작정 걸었다. 마포대교를 건너서 이촌에 도착했다. 그리고 걸어서 압구정 사거리도 가고 청담동에도 가보고 아침에는 목욕도 하고 전혀 춥다는 생각은 못할 정도로 많이 걸어 다녔다. 나는 이런 나 자신에게 기뻤다. 그렇게 좋아하던 게임 선수들을 만나서 사인도 얻고 새마을호를 타고 밤12시를 넘겨서 대구에 도착했다. 집에 가서 혼이 많이 나기도 했지만 전혀 후회가 되지는 않았다. 그때의 감정을 또 느끼고 싶지만 지금은 쉽지 않을 것 같다. 어릴 때 경험이라서 더 생각나는지도 모르겠다.

위 세 가지 경험은 남들이 쉽게 겪어 보지 못했을 그런 경험이라고 자신 있게 말할 수 있다. 지금 살아 있는 것도, 생각하는 것도 공장의 그 흔한 기계같이 반복되는 일상의 톱니바퀴 같은 것이 아니라, 내가 심장이 뛰는 사람임을 알 수 있게 해주는 것만 같다. 남들과 다르고 조금 더 선한 쪽으로 생각할 수 있게 해준 이것들에 감사한다. 글도 노래도 모두 이런 생각에서 비롯되나 싶기도 하다.

이런 측면에서 나는 글쓰기에 관심이 많다. 다른 사람의 생각을 이해하고 내 생각을 말해 준다는 것이 생각보다 괜찮은 일이기 때문이다. 언젠가는 내 주변 사람들이 보고 읽을 수 있는 그런 글을 지어서 기쁨의 눈물을 흘리게 해주고 싶은 바람이 있다. 바라는 대로 될 수만 있을까? 왜냐하면 아직 나는 나약하고 초라하기 때문이다.

체육교사

_1학년 허성준

"헉헉, 선생님 너무 힘들어요. 그만합시다."

운동장 다섯 바퀴만 뛰었는데도 힘들어서 땀이 비 오듯이 나고 숨쉬기도 힘들어 하는 나를 보면서 체육선생님은 놀린다.

"돼지야, 이래갖고 체육선생님 하겠나?"

나는 오기가 생겨서 다섯 바퀴를 더 뛰고 힘들어서 그 자리에 누워서 숨을 헐떡였다. 지금 내 성적과 몸 상태로는 체육선생님이 되긴 글렀다. 하지만 아직 고1이기 때문에 희망은 있다. 체대입시 선배들과 친구들은 날렵하고 슬림하다. 반면에 나는 뚱뚱하고 느리다. 그렇기 때문에 남들보다 더욱더 열심히 해야 된다. 7교시 수업이 끝나고 방과후 시간에 체대입시 연습을 하기 위해 강당으로 간다. 오늘은 고깔을 놔두고 30바퀴를 준비운동으로 뛴다. 항상 그랬듯이 내가 꼴찌로 들어온다. 그 다음에는 피티 체조와 팔굽혀펴기 등등 수많은 운동을 하고 땀을 뻘뻘 흘린다. 6시가 돼서야 끝이 나서 석식을 먹으러 학교 급식실로 간다. 나는 다이어트 중이라서 밥 반 공기에 반찬도 소량만 먹는다. 밥을 먹은 후 야자를 하기 위해서 교실에 간다. 피곤한 나는 야자시간에 잠을 잔다. 잠을 자고 난 후에 나는 내 자신이 정말 한심하다고 느낀다. 학교 마치면 친구들은 전부 다 집에 가는데 나 혼자 운동장을 뛴다. 운동장을 열 바퀴 뛸 쯤에 야자 감독을 하시고 퇴근하시던 체육선생님이 와서 음료수를 건네주신다.

"열심히 하네. 니는 이렇게만 하면 체육선생님 될 거다. 앞으로 더 열심히 하자."

그 말을 들은 나는 기분이 좋았고 자신감도 생겼다. 선생님이 집까지 태워 주셨고, 집에 들어가자마자 부모님의 잔소리가 시작되었다.

"너는 왜 이렇게 늦게 와? 고등학생이 하라는 공부는 안하고 무슨 운동만 하냐? 아이고 땀 냄새야."

부모님은 내가 체육교사가 되는 걸 못마땅해 하신다. 나는 짜증이 났지만 참고 샤워를 하고 방에 들어가서 바로 침대에 누웠다. 엄마가 들어와서 또 잔소리를 한다.

"빨리 일어나서 공부해라. 시험기간 아니가? 니는 정신이 있나 없나?"

나는 너무 화가 나서 말했다.

"엄마, 나 진짜 너무 힘들다. 체대입시 운동한다고 지금 기운도 없고 그런데 꼭 그래야겠나? 공부는 체대입시운동 없는 날에 열심히 할게."

엄마는 할 말이 없는지 내 방문을 쾅 닫고 가버렸다. 왜 내 꿈을 무시하고 반대하는지 모르겠다. 어차피 지금 내 성적은 평범하고 딱히 뛰어나게 잘하는 것도 없는데, 잘하는 게 없으면 차라리 흥미 있는 거라도 하는 게 낫지 않은가. 체육교사가 내 적성에 잘 맞는 것 같아 나는 지금 꿈을 이루기 위해 전진해 나가고 있다. 부모님의 잔소리도 이해 못하는 건 아니다. 체육교사라는 직업이 쉽지는 않으니까. 경쟁률도 엄청 높고 운동이란 것이 무리하면 몸을 고생시킬 수도 있는 것이라 나를 걱정하는 마음에서 그러는 것이라는 걸 잘 안다. 하지만 나는 어떤 반대에 부딪혀도 내 꿈을 꼭 이룰 것이다.

꿈 꾸는 중

_1학년 권순일

나에게는 이루진 못했지만 생각만 해도 기분 좋아지는 꿈이 있었다. 그 꿈은 돈을 많이 버는 축구선수였다. 내가 축구를 잘하지는 않았지만 경기장에서 축구선수들이 하는 걸 보면서 머릿속으로 '내가 저기 있으면 더 잘할 것 같은데……', '나도 많은 사람들이 보는 곳에서 뛰어보고 싶은데……' 라는 생각을 했다. 하지만 내 생각은 내 생각일 뿐 부모님은 최고가 되지 못할 것 같으면 운동하지 마라고, 최고의 길은 매우 힘들다고 하셨다. 나도 알고 있었다. 내가 최고가 될 수 없다는 것을, 지금 시작해도 이미 늦었다는 것을. 그래서 나는 그 꿈을 그냥 잠시 꿔 본 허망한 꿈이라고 여기고 축구선수의 길을 단념했다. 그러나 가끔 친구들과 축구를 할 때나, 외국에 나가서 활약하는 한국 선수들을 TV로 볼 때면 축구선수라는 꿈을 포기한 것이 잘한 것인지 생각이 들기도 한다. 그렇지만 내가 선택한 것이니 이제는 그냥 좋은 추억, 예뻤던 꿈으로 간직하려고 한다.

그 후로 TV에 성공한 의사가 나오면 의사, 돈 잘 버는 회장이 나오면 회장이 되고 싶었다. 이렇게 나는 내 꿈을 자주 바꿨었다. 특별히 잘하는 건 없고 꿈이 항상 바뀌기만 하니, 그냥 항상 여기저기 찔러보기만 하고 쉽게 포기했었던 것 같다. 여기저기에 관심을 가진다는 것은 좋은 일이지만……. 그러다 문득 내 꿈이 항상 성공하는 것에 초점을 두고 있었다는 것을 깨달았다. 진정한 성공은 돈을 많이 벌어서 경제적으로 성공하는 것이 아니고 그 번 돈을 가지고 이웃에게 베풀고 그로 인해 자신도 행복해지는 것, 그것이 자신에게 기쁨을 주는 것이 진정한 꿈이 아닌가 생각을 했다. 또 하나, 나는 꿈이라고 하면 항상 직업만을 생각해왔다. 그러나 여러 가지 꿈을 가져보면서 꿈이란 꼭 직업이 아니어도 된다는 것을 깨달았다. 그래서 다시 나의 꿈에 대해 생각해보았다. 결혼해서 좋은 가정꾸리며 살기, 자원 봉사하면서 난민들과 함께 웃어보기, 작은 것에 만족하면서 살기, 그리고 성적 올리기 등 이런 작은 것들도 꿈이 된다.

이러한 마음을 잊지 않고 열심히 살아서 내가 꿈꾼 것들을 모두 다 이루고 더 많은 꿈들을 점차 가지고 싶다.

난 여전히 꿈을 꾸는 중이다. 그래서 난 행복하고 남은 삶이 즐겁게 느껴진다.

나의 Vivid Dream을 글로 쓰다

_2학년 백민기

|1부| Make an Effort for the Dream!

Are you dreaming a dream which you'd been dreaming when you were a child constantly? Maybe few of you are doing. Oddly, most Korean people suppose that it is a sort of ashamed and dreadful to have a big dream. Asking you what your dream, if you answered a president as a dream, people might mock you in their heart. So might they in the school. In a career search, when I write down a president, an astronaut, a CEO of Coca-Cola corporation as a dream confidently, people of the school are discouraging me, saying "Do you know how hard it is difficult to become a CEO of that kind of company?" Even teachers also deject by saying that changing your dream for future into easy one is advantageous for entering college. Eventually, you end up having a common dream of being a public servant or employee of companies. Dreams can be changed unexpectedly. It is, however, important how hard you make an effort to achieve your dreams. Never hesitate to enter the job related to broadcasting which you want to do, although you are able to talk fluently with native spanish people since you had learned for 3 years to be a interpreter. Wherever you do your endeavor, the path of your life will be opening. Let's say, for example, if there is a circumstance that you should interview a famous Argentine soccer player and go there, who does the person in charge send to Argentina either ones who can speak English or you who can speak Spanish? Not surprisingly, he will make you who are capable of speaking Spanish go there. Owing to striving for studying Spanish for 3 years, you are given an obviously distinct opportunity.

Case 1 : A genius of commercial – Lee Je seok

He was born in Daegu in 1982. He managed to spend a time drawing a cartoon since elementary school compared to his elder brother who went to a medical college. He was beaten by teachers for being rude during junior high school. Entering high school, he drew pictures when told that he could go to college only by painting. Since Total score 100s of 400 in the trial examination surpassed 300s in the last moment, he could enter the department of graphic arts in Keimyeong Univ. and graduated summa cum laude marking GPA 4.47 of 4.5 perfect score.

Since freshman in the college, although he had participated in the contest for college student commercial of Keumkang company, Jeil company etc. he had not been awarded for anything. After graduating, he had applied for dozens of companies, which was vain and nobody could allow him to enter. Knowing that his educational background was inferior to others, he commenced a sign painter in the small village. One day, he determined to study overseas after humiliated by one of the guys in the town.

He had familiarized English for 1 year, going in and out the U.S. military base and went to New York in the States in Sep. 2006. Six months later, he made a meteoric rise in the global commercial contest. In the beginning of being awarded grand prize in one of the three major global commercial festivals, One Show Festival, he had been received 29 medals within just one year including bronze medal of Cleo award known as Oscar in the commercial, two gold medals of Addie Award by U.S. Advertisement Association and what not. Sweeping away commercial contest awards was the first time in the advertisement industry, which had been an unprecedented situation. He was welcomed from the SVA and became a top priority employee of recruiting agencies. His wage had been raised for 2 years working for six major companies including JWT which is the largest advertising company in the USA, BBDO, FCB and so on. He, however, quit the job because he hoped to advertise what he wanted, returning to homeland, and establishing 'Lee Je seok Advertising Agency' to make an advertisement including beautiful store campaign, public service announcement with some newspaper publishing company to change the world.

Case 2 : Queen of figure skating Yuna Kim

Several kids who had been learning figure skating were practicing clumsily in the indoor ice skating rink in Gwacheon in 1996. At that moment, a staunch 6-year-old girl wore a skate on her feet. Although her body was small, her attitude to skating was not less than that of professionalist. On her way back home, the cute girl boasted to her mom. "My teacher commended I was best! From now on I will be skating everyday!" And then she absorbed whatever she had learned as fast as sponge. The fact that whenever the time allowed her to practice playing video clip, she exercised again and again stood out. One day, she was suggested becoming a regular figure skating athlete by her teacher. It was Yuna Kim who was a gifted kid. Above all, her parents who were proposed made up their mind to educate the kid since their child was eager for that sports. But, their economic circumstance wasn't as wealthy as other household's. Hence, they had to live a life of frugality in order to lease a lesson tuition and rental fee of ice rink. Not only to mention a coach who could help her to drill, but she didn't have a proper ice rink that could provide a heating system, which let her exercise all of a quiver, making her feet, ankle and knee bruised. She, however, didn't have any intention to surrender her situation. She practiced as hard as her new skating boots didn't withstand even a week. Consequently, when she was 6th grade in the elementary school, she could accomplish high level of triple jump which most professionalists had thought difficult, starting winning a grand prize in the contests whenever and wherever she took part in. As a result, she was emerging as a topnotch figure skating athlete no one like as good.

Whatever dream you have in your mind, the posture of proceeding your path and making an effort will surely lead you to the true way of your life. Challenge and face it. Never be afraid! You'll be reaching the destination that you were planning, recognizing you are grown up as far as you have tried.

Thanks for Reading Sincerely :)

성광고등학교 영어선생님 이상목 도움

|1부| 꿈을 위해 노력하라!

당신은 어릴 적 꾸었던 꿈을 지금까지도 변함없이 꾸고 있나? 아마 그런 사람은 적을 것이다. 사람들은 이상하게도 큰 꿈을 가지는 것을 두려워하고 부끄럽게 생각한다. 사람들이 당신에게 꿈이 무엇이냐고 물었을 때, 당신이 대통령이라 말한다면 그들은 속으로 당신을 비웃을 것이다. 학교에서도 마찬가지다. 진로조사를 할 때 당당히 대통령이나 우주비행사, 코카콜라 사장이라 적으면 친구들은 "꼴에 무슨 코카콜라 사장이냐, 대기업 사장되기가 얼마나 어려운 줄 알아?" 하며 당신의 꿈을 짓밟는다. 심지어 선생님조차도 꿈을 바꾸는 게 대학가기 유리하다며 당신에게 좌절감을 심어준다. 결국 당신은 공무원이나 회사원 같은 일반적인 꿈을 가지게 되는 것이다. 꿈은 예기치 못하게 바뀔 수 있다. 그러나 중요한 건 꿈을 이루기 위해 얼마나 노력하고 있으며 얼마나 노력할 것이냐이다. 당신이 만약 통역가가 되기 위해 에스파냐어를 3년 동안 열심히 배워 현지인들과 프리토킹할 정도가 되었는데 갑자기 방송과 관련된 일을 정말로 하고 싶다면 망설이지 마라. 노력한다면 길은 언제나 열려 있다. 예를 들면 유명한 아르헨티나 축구선수를 인터뷰하기 위해 아르헨티나로 가야 할 상황이 생긴다면 총책임자는 에스파냐어를 쓸 줄 아는 당신과 영어를 쓰는 누군가 중 누구를 보내겠는가? 당연히 아르헨티나 축구선수의 모국어인 에스파냐어를 쓸 줄 아는 당신을 보낼 것이다. 당신이 3년 동안 노력한 덕분에 오히려 남들과 차별화되어 기회가 주어진 것이다.

사례 1 : 광고천재 이제석–

1982년 대구에서 태어났다. 그는 의과대에 간 형에게 밀려 초등학교 때부터 만화만 그리며 시간을 죽인다. 중학교 시절에는 수업태도 불량으로 숱하게 얻어터졌다. 고등학교에 진학하면서, 그림으로도 4년제 대학에 갈 수 있다는 말에 죽도록 그렸다. 400점 만점에 100점대이던 모의고사 점수가 막판에 300점을 훌쩍 넘겨 계명대 시각디자인과에 입학, 4.5만점에 4년 평점 4.47로 수석 졸업한다.

대학 1학년 때부터 금강기획, 제일기획 등의 대학생 광고 공모에 꾸준히 응모했지만 코딱지만한 상조차 타지 못한다. 졸업 후 수십 군데에 지원서를 넣었지만 아무데서도 오라고 하지 않았다. 스펙이 밀린다는 걸 알고 동네 간판쟁이 일을 시작한다. 어느 날 동네 아저씨에게 굴욕을 겪고 미국 유학을 결심한다.

1년 동안 미군 부대를 들락거리며 영어를 익혀 2006년 9월 뉴욕으로 떠난다. 6개월 뒤부터 세계적인 광고 공모전에서 혜성처럼 나타나게 된다. 세계 3대 광고제의 하나인 '원쇼 페스티벌'에서 최우수상을 받은 것을 시작으로 광고계의 오스카상이라는 클리오 어워드에서 동상, 미국광고협회의 애디 어워드에서 금상 2개 등 1년 동안 국제적인 광고 공모전에서 29개의 메달을 땄다. 공모전 싹쓸이는 1947년 SVA 개교 이래 처음이고 광고계에서도 전례가 없는 일이다. SVA에서 우대를 받고 뉴욕의 내로라하는 광고회사에서 러브콜을 받는다. 2년 동안 미국서 가장 큰 광고회사인 JWT를 비롯해 메이저급 회사인 BBDO, FCB 등 6군데 회사를 다니며 몸값을 높인다. 그러나 하고 싶은 광고를 하겠다며 회사를 나오고 귀국 후 2009년 아름다운 가게 캠페인, 신문사들과 한 공익광고 캠페인 등 세상을 바꾸는 광고를 만들기 위해 '이제석 광고연구소' 를 세웠다.

사례 2 : 피겨의 요정 김연아

1996년 과천 시민회관의 실내 링크. 피겨스케이트를 배우는 또래 아이들이 불안하게 발을 떼가며 연습을 하고 있었다. 그 때 야무진 표정의 6살짜리 꼬마애가 스케이트를 신었다. 체격은 왜소하나 꼬마의 눈빛은 프로 못지않았다. 집에 돌아오는 길에 꼬마는 엄마에게 자랑을 한다. "선생님이 내가 제일 잘한다고 칭찬해 줬어요! 이제 매일 스케이트만 탈 거야!" 그리고 그 아이는 배우는 모든 것들을 스펀지처럼 빨아들인다. 시간만 나면 피겨 비디오를 틀어 놓고 동작을 따라하고 연습, 연습 또 연습, 늘 노력하는 모습이 돋보였다. 어느 날 꼬마의 선생님으로부터 정식으로 피겨선수가 되는 게 어떻겠냐는 제안을 받게 된다. 이 재능 있는 꼬마가 바로 김연아다. 선생님의 제안을 받은 후 김연아의 부모님은 무엇보다 아이가 재미있어 하니 스케이트선수로 키우기로 결심했다. 그러나 여유 있는 집안은 아니어서 레슨비와 링크장 대관비를 마련하려면 다른 살림을 지독하게 아껴야만 했다. 훈련을 도와줄 코치는 물론이고 피겨전용 링크도 없어 난방도 안 되는 열악한 환경에서 덜덜 떨며 연습했고 발이며 발목이며 무릎 등 어디 하나 성한 데가 잘 없었다. 하지만 김연아는 포기하지 않았다. 새 스케이트부츠가 일주일도 못 버티고 망가져버릴 만큼 수없이 연습을 거듭했다. 그 결과 초등학교 6학년 때 프로선수도 어려워한다는 고난도 트리플 점프를 모두 해내고, 출전하는 대회마다 우승을 하기 시작했으며, 현재 누구와도 견줄 수 없을 정도로 세계 최고의 여자피겨선수로 부상했다.

당신이 무슨 꿈을 가지든 자신의 앞만 바라보고 노력하는 자세는 당신을 반드시 참된 길로 이끌 것이다. 두려워하지 말고 도전하라. 두드리다보면 깨닫게 되고 어느 샌가 훌쩍 성장한 자신을 발견하는 때가 오며 결국엔 목표지점에 도달해 있을 것이다.

'북극곰', '산타', '빨간색', '음료수'

이 네 단어를 보고 코카콜라를 생각하지 못한다면 당신은 음료수를 마셔 본 적이 없는 사람일 확률이 매우 높다. 전 세계 약 200여 국가의 소비자들이 하루 약 10억 잔 이상의 코카콜라사 제품을 마시고 있다는 통계가 있을 정도로 전 세계 음료 시장에서 코카콜라사의 위치는 대단하다. 코카콜라는 신선한 마케팅의 대가로 유명한데 그들의 전략은 현대 마케터들의 큰 모범을 보이고 있다. 코카콜라는 어떤 방식으로 소비자에게 접근하여 세계 정상의 자리에 올랐을까?

(1) happiness refill

항상 이색광고로 즐거움을 주는 코카콜라가 또 다른 대박캠페인을 진행했다. 한국과 달리 브라질은 모바일을 많이 사용하는 편이지만 무료 와이파이존이 매우 드물었다. 그래서 대부분 무선데이터를 사용했는데 10대들은 돈이 없어서 핸드폰을 쓰고 싶어도 쓰지 못하는 처지였다. 그래서 코카콜라는 디스펜서머신을 개발했고 코카콜라 앱을 다운받아 햄버거가게에서 리필을 받듯 핸드폰을 디스펜서머신에 대기만 하면 콜라가 채워지면서 무료로 무선데이터 20mb를 리필해 주는 Hapiness Refill 캠페인을 펼쳤다. 코카콜라는 변화하는 트렌드(모바일)를 이용하여 소비자들의 긍정적 호응과 즉각적인 반응을 얻어내는 데에 성공하였다.

(2) Fashion limited edition

세계적인 음료기업 코카콜라와 패션계의 전위적인 장 폴 고티에가 같이 디자인한 콜라가 있다. 바로 코카콜라 라이트 리미티드 에디션이다. 코카콜라는 장 폴 고티에뿐만 아니라 매년 주기적으로 유명한 디자이너들과 새로운 브랜드 패키지를 만들었고 패션계의 큰 획을 그은 디자이너들이 디자인을 한 콜라가 있다는 입소문을 듣고 사람들은 관심을 가질 수밖에 없었다. 이 또한 브랜드아이덴티티 확립을 한 동시에 자연스럽게 인지도도 높일 수 있었다.

(3) Happiness project

예전에 B2B(외국 자동차회사)와 코카콜라사가 힘을 합쳐 캠페인을 연 적이 있었다. 두 회사는 자사브랜드를 활용한 콜라보레이션 캠페인을 구상하고 소비자들에게 자사 브랜드를 가지고 미션을 제시했다. 'MINI를 가득 채우기 위해서는 코카-콜라가 몇 개나 필요할까? 총 몇 개나 들어갈지 댓글로 맞혀봐~ 가장 근접한 숫자를 맞춘 10명에게는 MINI 안에 들어간 코카-콜라를 모두 똑같이 나눠 줄 거니까!' 반응은 대박이었다. 코카콜라사가 올린 글은 삽시간만에 퍼져나갔고 결국 미니쿠퍼와 코카콜라사는 자연스러운 브랜드 아이덴티티를 확립시킴과 동시에 바이럴을 유도했고 캠페인을 성공적으로 마칠 수 있었다.

코카콜라는 '함께 하면 행복하다!' 라는 메시지를 중심으로 지속적인 캠페인을 진행하고 있다. 이 말은 코카콜라가 그저 무작정 맛과 가격만 내걸고 자사제품을 홍보하는 타 기업과는 달리 이색적인 광고 혹은 캠페인을 통해 자연스럽게 '콜라=행복' 이라는 인식을 만들어내고 있음을 알 수 있다. 그들이 신선한 마케팅을 통해 우리가 재밌고 행복해 하고 있다는 점에서 그들의 메시지(콜라=행복)가 소비자에게 성공적으로 잘 전달되었다고 할 수 있다.

|3부| 실전형 마케팅 그룹, 마케팅리베로를 만나다!

(마케팅 그룹과의 인터뷰)

난 예전부터 많은 양의 마케팅 책을 읽으며 마케팅에 관한 지식을 쌓아나갔다. 국내에 손꼽히는 마케터들이 지은 책이라 확실한 도움들을 줄 수 있겠지만 아무래도 한계가 있었다. 책이나 잡지같이 눈으로만 보는 매체는 쌍방향적이지 못하다. 궁금한 점을 물어보면 예시까지 들어주면서 섬세히 답해주고 조언도 해주기도 하며 생각날 때마다 최근 홍보, 마케팅 사례에 대해 이야기도 하는 그런 '멘토'가 있었으면 싶었다. 어느 날 책을 보다가 이해가 안 가는 부분이 있어서 인터넷에서 찾으려고 했고 그 결과 우연히 '마케팅리베로'라는 팀을 만나게 되었다. 왜 하필 리베로냐? 두 가지를 꼽을 수 있다.

리베로 글은 보통 부담감 없이 편하게 읽을 수 있다. 일주일에 1~2번 올라오는 마케팅 포스팅은 길이도 길지 않아 거리낌 없이 읽을 수 있다. 둘째는 친절한 답변이다. 리베로 포스팅을 읽다보면 때때로 이해가 잘 가지 않는 부분이 있다. 이럴 경우 난 주저하지 않고 물어본다. 운이 좋으면 1시간 내, 길어도 하루만 기다리면 딱 봐도 신경을 쓴 듯한 친절한 답변을 받을 수 있다. 구체적인 예시까지 알려주어 쉽고 확실하게 이해할 수 있어서 평소에 자주 애용한다. 이번 기회에 리베로를 알아볼 겸 인터뷰를 시도했다.

● 마케팅리베로를 소개해 주세요!

대학생 전문지 & 영 타깃 마케팅 컴퍼니 대학내일이 운영하는 실전형 마케팅 그룹 '마케팅리베로'입니다. 햇수로 9년째를 맞이하고, 현재 17기를 운영하고 있는 저희 마케팅리베로는 소수정예로 이루어지는 실전형 마케팅 그룹으로서 국내 유수기업과의 많은 실전 프로젝트를 수행하여 수준급 기획서 작성 노하우를 가지고 있습니다. 대학내일에서 직접 운영하는 대학생 마케팅 프로그램으로서 연습이 아닌 '실전'을 통해 대학생들의 진정한 성장을 도모하는 마케팅 스페셜리스트 그룹입니다.

어느 분야를 막론하고 빼놓을 수 없는 중요한 부분이고 대학생들이 가장 관심 있어 하는 분야들 중 하나는 단연 마케팅입니다. 최근 이러한 마케팅에 대한 관심 속에서 마케팅 관련 학회, 동아리는 증가하고 있지만, 대학생들이 관심을 가지는 단체는 따로 있습니다. 바로 '실전 프로젝트', 즉 대학생 수준에서 경험하기 어려운 프로젝트를 실제로 기획하고 실행해 보는 단체들이 각광을 받고 있습니다. 저희 마케팅리베로 역시 다양한 현업의 실제 마케팅 프로젝트 기획과정에 참여하며 클라이언트의 고민을 직접 듣고 아이디어를 제안하는 과정을 통해 최고의 실전 마케팅 그룹을 지향하고 있습니다.

● **주로 어떤 활동을 하나요?**

저희 마케팅리베로는 1사람이 1주일에 1개의 기획서를 작성하는 1/1/1 법칙을 통해 매 기수 활동하고 있습니다. 주 활동 내용은 논리력과 실현가능성, 설득력을 갖춘 기획/제안서를 작성하는 정규미션에서부터 마케팅 내공을 쌓기 위한 북클럽/비즈니스 리뷰 등의 보충미션, 그리고 마케팅 현업에 계신 선배님들의 말씀을 들을 수 있는 미니 특강까지 다양한 프로그램들로 구성되어 있습니다. 이를 통해 기존에 자신이 가진 문제점을 파악하고 기획력을 탄탄하게 다지며 성장하는 자신의 모습을 만나 볼 수 있습니다.

● 활동을 하면서 힘들었던 점

사실 마케팅리베로의 일원으로서 활동하는 6개월이라는 시간 동안 단 하루도 힘들지 않았던 적은 없었던 것 같습니다. 아무래도 저희 마케팅리베로의 커리큘럼의 대부분이 매주 부여받은 프로젝트에 대한 기획서를 쓰는 과정이고, 또 자신의 제안으로 상대방을 설득해야 한다는 기획서 작성의 목적을 고려했을 때, 이를 위한 고민의 시간들이 다소 힘들었던 것 같습니다. 고민의 시간이 길어지면 길어질수록, 더욱 가깝게만 느껴지는 마감시한 또한 굉장히 부담스럽게 느껴질 때도 있었구요. 그렇기 때문에 마감시한을 맞추기 위해 꼼짝없이 밤새는 경우도 허다했는데, 이럴 땐 심적인 부담감에 육체적인 부담감까지 더해져 여러모로 지치는 경우가 많았던 것 같습니다.

● 활동을 하면서 보람을 느꼈던 적

어떻게 보면 "보람을 느꼈던 순간이 너무 소소하지 않느냐"라고 하실 수도 있겠지만, 가장 보람을 느끼고 행복한 순간은 제가 작성한 기획서를 보시거나 들으시는 분들이 고개를 끄덕여주시는 순간이었던 것 같습니다. 위에서 기획서를 작성하면서 '내 제안으로 어떻게 하면 상대방을 설득할 수 있을까' 에 관한 고민, 그리고 어떻게든 마감시한을 맞추기 위해 노력했던 시간들이 다소 힘들었다고 말씀드렸지만, 사실 또 그런 시간들이 있었기 때문에 누군가를 설득시킬 수 있는 기획서가 만들어지지 않았을까요?

● 활동을 하면서 생긴 에피소드

"멘토가 바뀐다고??"

마케팅리베로에는 '멘토' 라는 존재가 있습니다. 지난 기수에 활동한 선배

중 한 명이 멘토로서 다음 기수와 함께 활동하면서 커리큘럼을 서포트 하는 역할을 합니다.

제일 웃기고 황당했던 에피소드는 16기 활동기간 중 멘토가 갑자기 바뀌게 되었다는 거짓말에 속아서 한 동기가 울먹거리며 케이크를 사왔던 일이었습니다.

리베로는 소수로 이루어진 집단이기 때문에 끈끈한 동기와 애정 넘치는 멘토가 있다는 점이 최고의 메리트라고 꼽을 수 있습니다. 그래서 멘토가 갑자기 해외로 떠나게 되어, 멘토가 바뀌게 된다는 말에 많이 슬펐던 한 동기가 한달음에 달려가 케이크를 사오는 에피소드가 발생했습니다. 웃기고 미안했지만 멘토와 동기들을 생각하는 마음에 다들 감동한 훈훈한 자리였습니다. 그 날 본의 아니게 저희는 케이크 파티를 했답니다.^^

● 리베로 활동의 장단점

우리 마케팅리베로의 장점이자 특별함은 '성장의 밑거름이 될, 날카로운 피드백' 입니다.

저희 동아리에서는 어디서도 겪지 못할 '날카로운 피드백' 을 경험할 수 있습니다. 활동 당시에는 달콤한 당근 생각이 절로 나지만, 날카로운 채찍인 피드백이 있기에 더욱 정신을 바짝 차리고 빠르게 성장할 수 있었다고 생각합니다. 일주일에 1개의 기획서를 써야 하는 특성상, 힘도 많이 들고 시간에 쫓기다 보면 마감시간에 맞춰 만족스럽지 않은 기획서를 제출할 때도 있습니다. 하지만 이때마다 동기, 멘토, 실무진 분들의 날카로운 피드백 덕분에 정신이 번쩍 들고, 무엇이 잘못 되었는지 알 수 있기 때문에 폭풍 성장을 할 수 있답니다. 마케팅리베로 활동의 단점은 굳이 말하자면, 꽃다운 20대의 6개월만큼은 내 자신이 청춘의 꽃임을 포기해야 한다는 슬픈 현실 정도가 될 수 있겠네요!

● 리베로 활동에 대한 만족도

단언컨대, 리베로 활동에 대한 만족도는 10점 만점에 10점입니다. 이렇게 높은 만족감을 느끼는 이유에는 여러 가지가 있겠지만, 가장 큰 이유는 바로 그 어디서도 들을 수 없는 날카롭지만 애정이 깃든 피드백에 있습니다. 피드백은 마케팅리베로 활동의 꽃이라고도 할 수 있는데요. 매주 본인이 작성한 기획서에 대해 동기, 멘토 그리고 현업에 계신 실무진 분들이 진심으로 성장을 바라는 마음에서 해주시는 '날카로운 피드백' 덕분에 마케팅리베로 일원들 모두 빠르게 성장할 수 있는 것 같습니다. 항상 듣기 좋은 말만 해주는 것이 아닌, 날카롭지만 애정이 깃든 피드백을 들을 수 있는 이런 좋은 기회가 또 어디 있을까요?

● 마케팅 관련 직업을 갖기 위해 학생 때 해야 할 일

우선 '자기 탐구'가 가장 중요하다고 생각해요. 내가 어떤 사람인지, 내가 좋아하는 일, 잘 할 수 있는 일이 어떤 건지 끊임없이 탐구하고 고민하는 과정이 필요해요. 그리고 '실천' 해야 합니다. 머리로만 하는 고민은 의미가 없습니다. 이는 레시피만 잔뜩 외우고 정작 간을 볼 줄은 모르는 요리사와 같습니다. 머리가 아닌 손과 발로 체험하고 고민해야 해요. 동아리와 같은 대외활동을 통해 유관 경험을 쌓는 것도 훌륭하고요, 가능하다면 직접 해당 직업의 필드에서 프로들을 보고 배울 수 있다면 더욱 큰 도움이 될 것입니다. 잊지 마세요. 중요한 점은 실천과 행동을 통해 몸으로 익히는 것입니다.

● 이 분야를 위해서 추천해 주고 싶은 책이나 잡지

마케팅/광고 관련 분야를 위해 추천해드리고 싶은 책이나 잡지는 저희 마케팅리베로 공식 블로그 실전 북클럽/비즈니스 리뷰 코너에 리뷰와 함께 소개해 드리고 있으니, 저희 마케팅리베로 블로그(www.marketinglibero.com)에 방문하셔서 유익한 정보 얻어 가시기 바랍니다.

–마케팅리베로 16기(현 17기 멘토)

김 창 훈 선배님 도움

난 아직 제대로 된 마케팅 경험이 없는 고등학생이라 이해하기에 어려운 내용도 많았지만 질문도 해보고 리베로가 예전에 썼던 글을 다시 읽어보면서 또 질문을 반복하면서 이를 극복할 수 있었다. 훌륭한 멘토를 두는 것은 중요하다. 마케팅뿐만 아니라 정치, 환경, 기계, 스포츠 등 수 많은 분야에 전문가들이 있으니 자투리시간을 활용하여 나의 멘토를 찾아보는 것도 좋은 방법일 것 같다.

|4부| 브랜드 로고의 최고의 파트너, 브랜드 슬로건

브랜드 슬로건이란?(Brand slogan)

'브랜드 슬로건'은 구매활동을 촉진시킬 목적으로 주장이나 생각 또는 상품의 특성을 반복적으로 사용하는 간결한 문장이나 말이다. 즉 고객에게 기업이 추구하는 바와 목적을 한 마디로 함축하는 말이라 할 수 있다. '백문이 불여일견(百聞不如一見)'이라는 말이 있듯이 때로는 여러 마디의 말보다 단 한마디의 말로써 보는 사람들에게 깊은 인상과 오랜 기억을 남길 수 있다. 특히나 기업에서는 고객에게 브랜드를 알리는 데 핵심구성으로 사용된다. 이제 브랜드 슬로건을 활용한 예를 살펴보자.

1. 'I'm your Energy'(GS 칼텍스) vs 'ᅟ고객님이 다시 찾고 싶은 기분 좋은 에쓰-오일'(S-OIL)

우리에겐 너무나 익숙한 주유소 회사들이다. 브랜드 로고를 제외하고 브랜드 슬로건만 보았을 때 어느 쪽이 기억에 더 남는가? 사람마다 다르겠지만 대부분 앞의 슬로건이 더욱 더 기억에 남을 것이다. GS칼텍스는 슬로건을 쉽고 함축적으로 잘 사용했고 창의적이고 명확한 가치를 전달했다는 평인 반면 S-OIL은 너무 길고 평범하며 심지어 지루하기까지 하다는 비평이 많았다. 즉 기업평가를 반영하면서도 간결하고 함축적이라면 좋은 슬로건이라 말할 수 있겠다.

2. New Thinking New Possibilities

세계적으로 유명한 브랜드 컨설팅 업체 '인터브랜드'가 발표한 2012 글로벌 100대 브랜드조사에서 현대자동차가 독일 유명 자동차회사 아우디를 제치고 자동차 부문 7위로 뽑히는 기염을 토한 적이 있다. 현대자동차는 재작년 1월 새로운 글로벌 슬로건 'New Thinking New Possibilities'를 발표했다. 그리고 글로벌 브랜드 캠페인인 "Live Brilliant"를 통해 '왜 현대차여야 하는지'에 대해 효율성이 아니라 감성적으로 접근해 쾌거를 이루었다.

3. '세상에 단 하나뿐인 나만의 캔버스를 만들어 드립니다!'

컨버스는 운동화 시장에서 경쟁 브랜드와 신선한 차별을 둔 좋은 예이다. '세상에 단 하나뿐인 나만의 캔버스를 만들어 드립니다.'라는 슬로건을 내세워 반응이 좋아 아예 매장 내 튜닝존을 만들어 나만의 운동화를 만들 수 있는 서비스를 제공한다. 컨버스는 좋은 기능만으로 승부수를 두려했던 타 기업과는 달리 더 높은 만족에 초점을 두면서 성공할 수 있었다.

4. 정치에서도 쓰이는 슬로건

기업뿐만 아니라 슬로건은 정치가들에게도 매우 중요하다. 앞에서 말했던 것처럼 자신이 추구하는 바를 한 문장으로 간추려 사람들에게 알려주기 때문이다.

● **버락오바마**(Barack Hussein Obama)
'우리는 변화를 이룰 수 있다.' 라는 슬로건을 내세워 당시 '흑인 대통령은 불가능하다. 그는 이번 대선에서 떨어질 것이다.' 라는 의구심을 짓밟아 버렸다.

● **로널드 레이건**(Ronald Reagan)
'당신은 4년 전보다 살기 나아졌느냐' 라는 슬로건을 내세워 당시 민주당 후보를 겨냥해 일자리, 예산, 감세 등 경제 관련 이슈를 집약시켰다.

● **룰라 다 실바**(Lula da Silva)
'국민 여러분, 행복해지기를 두려워하지 마십시오.' 라는 슬로건을 내세워 불안해하는 국민을 달랬고, 결국 외국자본이 밀던 여당 후보를 꺾을 수 있었다.

이처럼 브랜드 슬로건은 기업이 추구하는 목표와 앞으로의 계획을 한 문장으로 요약해 고객에게 오래 기억되도록 만들어 주는 중요한 부분이다. 동시에 재밌는 슬로건들이 많아서 우리에게 쏠쏠한 재미도 준다. 슬로건이 없는 기업보단 슬로건이 있는 기업이 훨씬 많으니 전자제품이나 신발을 살 때 그 회사의 슬로건을 한 번 찾아보는 것도 좋을 듯하다.

|5부| 세계적인 커피기업, 스타벅스의 브랜드가치

스타벅스 로고를 보면 어떤 향이 나나요? 달콤하고 진한 모카향이 나지 않나요? 스타벅스는 브랜드 개성이 확고하고 브랜드가치를 잘 구축한 세계적 기업 중 하나입니다. 커피의 품질, 서비스 방법, 매장의 분위기, 컵 디자인 등 20대 학생이나 직장인들에게 최고의 만족도를 제공하고 있습니다. 때문에 로고만 봐도 카페의 향이 느껴집니다. 지금부터 스타벅스라는 브랜드에 대해 살짝 알아보겠습니다.

1. 스타벅스 초기의 로고색깔은 갈색이었다.

미국의 유명한 컬러테라피스트인 '케만쿠사'는 어떤 제품에 대한 첫인상의 60%이상은 컬러가 결정한다고 말했습니다. 예를 들어 파란색, 하늘색, 하얀색은 맑고 시원한 느낌을 주기 때문에 주로 에어컨이나 선풍기, 생수병 등 더위를 식힐 수 있는 제품에 많이 사용되고 있습니다. 스타벅스가 예전에도 지금처럼 은은하고 자연적인 초록색을 지향하지는 않았습니다. 스타벅스는 원래 소매점이었으나 1987년 하워드 슐츠가 스타벅스를 인수하고 커피전문점으로 탄생시켰습니다. 하워드 슐츠는 원두커피를 떠올리게 하는 갈색을 사용했으나 우리기업은 환경을 생각하는 기업이라는 점을 부각시키기 위해 로고컬러를 녹색으로 바꾸었고 바리스타와 매장 직원들에게도 초록색 앞치마를 두르게 했습니다. 만약 현재까지도 갈색을 고집하였다면 우리가 알던 친숙한 스타벅스는 없었을지도 모릅니다.

2. CEO 하워드 슐츠의 못 말리는 직원사랑

스타벅스는 TV나 잡지에 광고 한 번 내지 않고 브랜드가치를 최정상까지 높인 대단한 기업입니다. 하워드 슐츠는 정작 자신은 브랜드 구축의 의도가 없었다고 합니다. 경쟁기업들끼리 광고경쟁으로 지지고 볶고 싸우고 있을 때 하워드 슐츠는 오히려 훌륭한 직원들에게 많이 투자하였습니다. 스타벅스에 대한 애착이 생긴 직원들은 CEO의 관심에 힘입어 손님들에게 친절함과 상냥함으로 대하였고 친절한 직원들은 스타벅스를 대표하는 가장 좋은 홍보대사가 되었다고 합니다.

하워드 슐츠가 직원을 소중히 여긴다는 이미지가 나오기 시작한 결정적인 사건이 있습니다. 텍사스 지점의 한 관리자가 강도에 의해 살해되는 사건이 일어났습니다. 이 소식을 들은 하워드 슐츠는 비행기를 타고 즉시 매장으로 가 유족을 위로하고 그 매장을 유족에게 기부했다고 합니다. 이 소식을 들은 직원들은 물론 대중들 역시 이 사건을 계기로 스타벅스 브랜드에서 GREEN에 맞는, 은은하고 친근한 느낌을 받을 수 있었습니다.

3. '착한기업'의 대표주자 스타벅스

스타벅스는 친환경적인 활동을 많이 펼쳐 소비자들에게 매우 호감도가 높은 기업으로 알려져 있습니다. 스타벅스는 재활용을 주제로 여러 캠페인을 펼쳤습니다. 종이컵 재활용 시스템을 잘 연결시키기 위해 각 분야의 전문가를 모아 회의를 열기도 했고, 원두찌꺼기를 퇴비로 사용하는 참신한 방안도 실천으로 옮겼으며, 박스를 이용해 친환경건물 캠페인을 진행하기도 하였습니다. 그리고 지구촌 봉사의 달을 통해, 스타벅스 직원들과 고객이 하나되어 각 지역사회에 긍정적인 변화를 이끌어 내고, 이를 통해 함께 발전할 수 있는 기회를 만들기도 하였습니다. 이 외에도 스타벅스는 다양한 봉사활동을 펼쳐 '착한 기업' 이미지를 구축했습니다.

인터브랜드에서 선정한 '2013 브랜드가치 top 100' 에서 스타벅스는 88위로 선정되었고 지금도 꾸준히 올라가고 있는 추세입니다. 커피로 알려진 기업 중에서는 최정상에 올라와 있는 스타벅스, 이를 뛰어넘기는 굉장히 어려울 것으로 보입니다. 직원을 사랑하는 CEO, 그에 보답하는 직원들의 열정이 성공의 비결이 아니었을까요? 지금까지 높은 브랜드가치 '스타벅스' 에 대해 알아보았습니다.

인식하지 못하지만 사실 우리는 엄청난 양의 광고를 접하고 있다. 인터넷, 스포츠, TV, 학원포스터, 무료 WIFI까지……. 떼려야 뗄 수 없는 것이 광고다. 광고에도 여러 가지 종류가 있지만 가장 짧은 시간 안에 의미를 전달하는 광고는 역시 광고포스터가 아닐까 싶다. 지금부터 Fun Fun한 광고포스터들을 알아보자.

이 세상에 욕심 없는 사람은 아무도 없을 것이다. 식욕, 소유욕, 성욕, 성취욕 등등 물건을 살 때도 인간의 욕심이 개입된다. 스마트폰을 살 때 '검정색 핸드폰은 이제 지겨우니 흰색 핸드폰을 사자!' 하며 매장에 가서 바로 흰색 핸드폰을 들고 '이걸로 주세요!' 하는 사람이 있다면 그 사람은 이 시대에 맞지 않은 개성 없는 사람이라고 생각한다. 지금 사회는 개성사회이다. 카메라의 크기가 큰지 작은지 무게는 무거운지 가벼운지 카메라 화소가 800만이 넘는지 안 넘는지 운영체제가 ios인지 안드로이드인지 가격은 얼마인지 등 핸드폰을 구매했을 때 보다 큰 만족감이 들기 위해 여러 가지 옵션을 고려할 것이다. 즉 기업은 소비자를 만족시켜야 한다.

어느 정도의 크기가 휴대하기 편한지 어떤 색깔이 많이 팔리는지 어떤 디자인을 선호하는지 등 핵심만을 뽑아 사진 또는 영상으로 만든 것이 광고다. 굳이 제품을 팔 때가 아니라도 공익광고처럼 광고는 '음주운전은 위험하다', '물을 아껴 쓰자', '밥을 남기지 말자' 등 때론 사람들에게 경고하기도 한다. 다음 사례들을 살펴보자.

매연이 나오는 공장 굴뚝 밑에 그려진 권총 모양의 광고판. 대기오염이 한 해 6만 명의 목숨을 앗으니 조심하라는 공익광고이다. 간판은 총의 방아쇠

부분만 있고 총의 입구 부분은 굴뚝으로 대신하였다. 공장이 대기오염에 얼마나 위협적인 존재인지 경각심을 일깨워 주는 아주 참신한 광고이다. 이 광고로 이제석 씨는 여러 유명 광고회사를 경험할 수 있게 되었다.

다음으로, 농구골대를 형상화해 놓은 것 같은 쓰레기통 위의 나이키 광고가 있다. 쓰레기가 생기면 쓰레기통에 넣는 게 일반적이지만 이 쓰레기통만 보면 한두 발짝 떨어져서 멋지게 슛을 쏘듯 골인시켜보고 싶은 마음이 생긴다. 특별한 메시지는 없지만 길거리에 널브러진 빈 깡통이라도 주워서 던져보고 싶게 만드는 참신한 광고이다. 나이키 입장에선 거리의 쓰레기도 줄이고 브랜드이미지 상승효과도 얻을 수 있어 두 마리 토끼를 다 잡은 셈이다.

마지막으로, 여러 개의 벽돌로 이루어진 폐와 담배 모양의 막대가 포인트인 광고가 있다. '담배를 피우면 피울수록 폐가 사라지는'이란 고전게임을 모티프로 한 금연광고인데, 담배에서 빠져나오는 연기가 폐를 손상시킨다는 의미를 담고 있다. 다른 매체처럼 길지 않아 단 시간에 경각심을 일으킬 수 있다는 장점이 있다.

꿈 스트레스

_1학년 김찬섭

'꿈' 이라는 단어에 대해 생각해 보았는가? 내 또래인 10대들은 대부분 이 단어를 들으면 아마 골머리를 앓을 것이다. 학교에서는 우리에게 "꿈을 정해야 한다."라고 계속 강요하지만 우리는 정작 무엇을 하고 싶은지 몰라 당황한다.

나도 한동안 이것 때문에 고민을 했다. 막상 '이것이 되고 싶다!' 라고 생각해도 시간이 지나면서 계속 바뀌기도 하고, 꿈이 없을 때에는 생활기록부란에 아무거나 적기도 하였다.

어렸을 때는 노무현 대통령의 이야기를 읽으면서 "나는 대통령이 될 거야!"라고 결심하였고, 초등학교 4학년 때쯤에는 외국에서 사촌형이 보낸 향수 냄새를 맡다가 이것을 만들고 싶다는 생각이 들었다. 그래서 나는 조향사가 되려고 꿈을 정했다. 중학교 때에는 과학 잡지에서 지구 온난화에 대해 읽다가 환경공학가가 되기로 마음먹었다. 그런데 지금은 학교 위를 지나가는 전투기를 보며 조종사가 꿈이 되었다.

그러다 나는 한 가지를 깨달았다. 의사가 되고 싶어도 의대에 진학하지 못하면 꿈을 이룰 수가 없는 것처럼 어떤 일이든지 되고 싶다 하여도 공부를 잘하지 못하면 꿈을 이루기 힘들다는 것이다.

그래서 내가 조언해 주고 싶은 말은 '꿈이 없다면 그것을 찾기 위해 힘들어 하며 방황하지 말고 그냥 열심히 공부하고 다양한 체험활동을 하라. 그리고 어떤 게 진정한 나의 꿈인지를 생각해보라' 는 것이다. 그러다보면 언젠가는 우리의 꿈이 우리에게 한 발짝 더 다가와 있지 않을까…….

꿈

_1학년 박주호

초등학교 5학년 때 학교 풋살부에 들어갔다. 처음에는 운동하는 게 너무 좋고 행복했다. 그러다 내가 운동신경이 남들에 비해 좀 좋은 듯하다고 생각을 하게 된 후 체육교사를 꿈꾸게 되었다. 그렇게 5년 동안 여름엔 더위, 겨울엔 추위와 함께 하면서 친구들과 열심히 운동을 하였다.

중학교 3학년이 되었다. 그 당시 담임선생님이 우리반 아이들과 한 명씩 상담을 하였다. 내 차례가 되었을 때 선생님이

"주호는 꿈이 무엇이니?"

라고 하셨고 나는 바로

"전 체육선생님이 되고 싶어요."

라고 대답하였다. 선생님은

"주호야, 너희 어머니께서는 주호가 마이스터고를 가기를 원하시던데?"

라고 하셨다.

사실 마이스터고에 대해서는 어머니 친구 분의 아들이 그곳에 진학해서 잘되었다는 이야기를 많이 들어서 익히 알고 있었다. 그런데 어머니께서 나 또한 마이스터고에 가기를 원하시는 줄은 몰랐다. 나는 마치 시간이 멈춘 듯 아무 것도 하지 못하고 당황해하고 있었다.

"주호야, 어머니가 참 좋으신 분인 것 같구나. 대부분의 어머니께서는 무조건 인문계에 가길 원하시는데……."

라고 하시며 마이스터고의 좋은 점에 대해서 이야기해 주셨다. 난 집에 돌아가서 혼자서 '무슨 고등학교를 가야 하지? 마이스터고를 가야 하나? 현실을 택해야 하나 아니면 꿈을 택해야 하나?' 정말 여러 가지 마음들이 교차했다. 하지만 그래도 난 체육선생님이 무척이나 하고 싶었다. 그래서 한 달 후쯤에는 그런 고민이 몽땅 사라졌다. 그리고 며칠이 지난 후 체육교사라는 직업에 대하여 알아보기 위해 인터넷에서 여러 가지 정보들을 찾아보았다. 그러고는 곧 조금 좌절하였다. 내가 생각했던 것보다 체육선생님이 되기가 너무 어려웠기 때문이다. 체육선생님은 공부도 운동능력도 모두 뛰어나야 했다. 갑자기 우울해졌다. 그래도 그 꿈을 포기할 수는 없었다.

고등학교에 진학한 후 '체대 길라잡이' 라는 책을 읽었는데 그 중 '학교 방과후 체육반' 이라는 프로그램이 눈에 띄었다. 우리 학교에도 그러한 반과 프로그램이 생겼으면 하는 바람이 생겼고 언젠가는 체육교사가 되어 학교에 그러한 프로그램을 만들고 말겠다는 생각을 하게 되었다.

내 나이 만 16세. 앞으로 살 날도 많고 즐길 일도 많다. 만약 내가 남은 날들을 내 꿈과 함께 한다면 더할 나위 없이 기쁠 것이다. 그러기 위해선 앞으로 어떤 고난이 닥쳐도 쉽게 포기하지 않고 '조금만 더 가보자' 라는 생각을 하면서 끝까지 노력해야 할 것이다.

희망을 심는 꿈

_2학년 남중일

우리 모두는 하루하루 무엇인가를 소망하며 살아가고 있다. 학교에 있는 학생들, 회사에 있는 어른들, 양로원에 계시는 어르신 분들도 모두 각각의 소망이 있음에 틀림없다.

'꿈' 이라는 것. 뭐 별거 있을까? 그냥 자신이 하고 싶고 되고 싶은 것들이 아닐까. 다른 이의 꿈에 대해서 함부로 비판하고 비웃을 수 있는 사람은 절대 없다. 어릴 때 모두가 한 번쯤은 지구정복, 슈퍼맨 등 지금으로서는 전혀 이해할 수 없는 꿈들을 꿔 보았을 것이다.

하지만 꿈이 없는 아이들도 있다. 이 얼마나 슬픈 일인가. 지금 나는 '국어 교사' 라는 멋진 꿈을 가지고 있다. 꿈을 이루기 위해 노력하고 도전하는 과정에는 힘든 일들이 많겠지만 여러분도 부모님이 원하는 직업, 돈 많이 버는 직업이 아닌 정말 자신의 마음에서 우러나오는 그런 직업을 찾았으면 좋겠다.

꿈을 가진 사람과 꿈이 없는 사람들의 생활은 정말 다르다. 나는 꿈을 가지고 있으므로 그 차이를 확실히 느끼고 있다. 꿈을 가지고 있지 않을 때는 고민을 많이 했었다. '나는 왜 공부를 하고 있는 걸까?' 생각하며 그냥 무작정 목표 없이 공부를 하곤 했었는데 그러다보니 공부하고 싶을 때 공부하고, 놀고 싶을 때 노는, 계획 없는 하루를 보내고 있었다. 하지만 꿈을 가지고 나니 내가 하는 모든 일들에 의지가 생기고 매사에 좀 더 노력하게 되었다. 한 번

씩 기차역에 가보면 길거리에 누워 있는 노숙자 분들을 뵐 때가 있는데 그 사람들도 다 사정이 있겠지만 아마 그들은 꿈을 잃었을 것이다. 꿈을 향한 도전에 좌절한 사람들, 그렇지만 그들도 꿈과 소망을 끝내 버리지 않는다면 절대로 망하지 않고 꼭 다시 일어날 수 있을 것이라고 생각한다. 언제라도 좋으니 가능한 한 빨리 꿈을 다시 가지시기를 바란다.

꿈을 이루신 분들이나 꿈을 이루지 못하고 사회의 다른 자리에서 꾸준히 노력해 나가시는 어른들께도 부탁을 드리고 싶다. 앞에서 말했듯이 이미 나이를 먹고 적은 나이가 아닐 지라도 항상 꿈을 가지고 노력했으면 좋겠다. 그럼 자신의 하루하루가 더 보람차고 의미 있는 삶이 될 것이다. 아직 늦지 않았다. 죽기 직전까지 꿈을 가지라.

이렇게 끊임없이 꿈꾸고 노력하는 사람들이 우리나라의 국민이기를 소망한다. 나 또한 항상 또 다른 꿈을 가지고 하루하루를 살아갈 것이다. 하루하루를 무기력하게 살아가는 사람들과 아직까지 자신의 진로를 정하지 못한 학생들에게 꿈을 심어 줄 수 있도록 나도 매일 노력하며 살 것이다.

우리 모두 하루하루를 최선을 다해 노력하며 살아가자!

우리의 꿈

_2학년 김병주

작년 겨울, 새벽한기에 뒤척이면서 이불을 감싼 채 세차게 내리는 진눈깨비를 보고 있을 때였어. 그날도 물론 학교를 가는 날이라는 생각에 그 기분 좋은 한기를 마냥 느끼고만 있을 수는 없었지. 근데 문득 이런 생각이 나더라. 재작년 겨울, 그날도 짙은 함박눈이 펑펑 내리고 있었지. 두류타워 꼭대기에서 처음으로 우리가 진지하게 얘기를 나눴는데 미래의 가정 얘기도 하고 직업 얘기도 하면서 서로 같은 꿈인 국어교사를 바라고 있다는 것을 확인하고 나중에 같은 국어과에서 만나서 서로 커피 타주자며 웃음 섞인 다짐도 했었잖아. 그 때 두류타워 꼭대기에서의 진지한 대화들은 매년 겨울 눈이 올 때쯤이면 생각이 나곤 해. 앞으로도 계속 생각이 날 듯 싶다. 네가 국어선생님이라는 직업을 가지고 싶어 했던 이유가 국어를 공부할 때 제일 즐겁고 기쁘다고, 그 이유가 가장 커서 국어선생님이 되고 싶다고 했었잖아. 나도 너처럼 국어가 재미있고 새로운 작품들을 접할 때는 설렘까지 느껴져. 또 나는 내가 아는 것들을 다른 사람들에게 가르쳐 줄 때 희열을 느껴. 이런 것들을 생각해 보면 나는 꼭 국어선생님이 되어서 좋은 제자를, 나를 보고서 또 다른 제자가 국어선생님이 되고 싶어지는 그런 친구 같고 멘토가 될 수 있는 선생님이 되고 싶어! 왜냐하면 나도 국어선생님을 희망할 수 있었던 가장 큰 이유가 우리학교 국어선생님을 보고서 꿈을 키웠기 때문이야. 내가 중학교 입학을 하자마자 만난 여자 국어선생님이 계셨는데 그전까지는 국어를 따로

공부한 적이 없고 책만 꾸준히 읽어온 나에게 국어는 그저 공부해 본 적이 없는 그저 그런 과목이었지. 그런데 그 선생님과 하는 국어수업과 공부는 마냥 즐겁고 행복했던 기억들뿐이라 나도 점점 국어라는 과목에 흥미를 가지게 되고, 더욱 재미를 붙여 성적도 올리고 그렇게 고등학교 1학년까지 '너는 국어를 사랑하네.' 라는 말도 듣고 '병주, 니는 국어 잘하잖아.' 라는 소리를 곧잘 들어오면서 그 여자선생님을 보며 어느새 국어선생님의 꿈을 키우고 있었어. 근데 고등학교 1학년 겨울방학 도중 그 선생님께서 암으로 병원에 실려 가셨다는 소식을 듣고 나는 그야말로 꿀 먹은 벙어리가 됐지. 지금은 완치되셔서 다시 우리교실 수업까지 하면서 항상 해맑은 웃음을 지으시지만, '사랑합니다' 라는 선생님의 인사는 평생 못 잊을 것 같아. 내가 이렇듯 너도 지금 저 큰 바다 건너편 미국에서 국어선생님을 꿈꾸며 살아가고 있겠지? 나는 아름답다면 아름답고 복잡하다면 복잡한 이 사회에서 몸은 가깝지 않지만 서로 같은 꿈을 키워가면서 살고 있다는 것 자체에 감사해. 비록 지금 꿈을 위해 내가 할 수 있는 최선의 노력을 하고 있다고 자부할 수는 없지만 꿈이 명확하다면 반은 성공했다고들 하잖아. 나는 무슨 일이 있든지 간에 너와 나의 꿈을 응원해. 내가 바라는 국어선생님이 되었을 때는 내 커피를 타주는 사람이 꼭 너였으면 좋겠다.

자신이 진정 원하는 것은 한 번의 시도로 달성되는 경우는 없습니다. 무엇이든지 과정은 있습니다. 하지만 그 과정을 차례로 밟고 가느냐 아니면 과정보다는 결과를 우선시 하느냐의 차이입니다. 물론 힘들이지 않고 바로 올라가면 먼저 도착한 이득은 반드시 있을 겁니다. 하지만 과정을 차례로 밟고 간 사람은 위기의 순간에서 쉽게 대처할 수 있지만, 과정 없이 손쉽게 오른 사람들은 조그마한 위기에도 어찌할 바를 몰라 당황하다가 맨 꼭대기에서 맨 밑 지하로 내려가게 될 수도 있습니다. 여러분, 무조건 목표를 위해서 달려가는 것 정말 중요합니다. 하지만 그 목표를 달성하기 위해서 남을 이용하거나 비겁한 방법을 이용하는 것보다는 조금 느리게 가더라도 정정당당히 단계를 밟는 것이 꿈의 시작이라고 생각합니다.

제 2부

Dream? Dream!

목차

꿈을 파는 가게

_2학년 박용호

'어서 오세요. 여기는 꿈을 파는 가게입니다.'

전화번호도 없고 흔한 LED광고판 하나 없는 쿨하디 쿨한 간판 앞에 서서 나는 멍하니 가게를 바라보기만 했다. 며칠 전 이곳으로 이사 온 후 동네 지리를 익히기 위해 여기 저기 돌아다니다 발견한 좁은 골목길 끝에 위치한 가게. 처음 발견했을 때는 그저 호기심에 가게만 쳐다보다 갔지만 오늘은 한번 들어가 보기로 했다.

'꿈을 파는 가게라니, 도대체 뭐하는 곳이지?'

혼자 중얼거리며 조용히 가게의 문을 열었다. 조금 낡은 가게 문에선 작은 종소리 대신 삐걱이는 소리가 내가 들어왔음을 알린다. 가게 안을 슥 훑어보자 여기저기 진열되어 있는 오래된 CD들이 눈에 들어왔다. '꿈을 파는 가게는 CD를 파는 가게였구나.' 하며 왠지 불편해져서 뒤돌아서려는데 저기 뒤쪽에서 걸걸한 목소리의 할아버지가 나를 불렀다.

"이봐, 학생. 들어온 김에 구경이나 하고 가려무나. 여긴 신기한 걸 파는 가게거든."

"저기 죄송한데 제가 옛날 노래는 별로 안 좋아해서요. 별로 둘러볼 게 없네요."

"이건 보통 음악 CD가 아니야. 꿈을 담은 CD란다."

"꿈을 담아요?"

"그래. 여기에 녹음되어 있는 음악을 들으면서 잠들면 그 음악에 맞춰 꿈을 꾸는 거지."

"와, 진짜요? 신기하네. 정말 음악만 듣고 자면 꿈을 맘대로 꿀 수 있는 거예요?"

"물론이지. 어때? 한번 해보겠나?"

"저기 그럼 어떤 음악들이 있나요?"

"종류야 다양하지. 영화 속 한 장면, 온갖 모험이 가능한 너만의 세상 같은 것도 있고 현실과 전혀 구분이 가지 않는 세계 속에서 하고 싶은 걸 할 수 있도록 해주는 것도 있지."

"그럼 현실적인 걸로 하나만 주세요."

"어떤 꿈을 꾸고 싶나?"

"저 혹시, 제가 좋아하는 여자가 꿈에 나오게 할 수 있나요?"

"물론이지. 잠시만 기다려 보게."

잠시 후 할아버지의 손에는 분홍색 CD 한 장이 들려져 있었다. 이미 저녁 무렵이었기에 나는 얼른 집으로 돌아와 CD의 음악을 내 MP3에 옮긴 다음 방으로 들어와 이른 잠을 청했다. 앰프 스피커에서 조용히 흘러나오는 음악을 듣다 보니 눈꺼풀이 금방 무거워져 무의식적으로 잠에 빠졌다. 그리고 눈을 뜨니 아침이었다.

'뭐지? 왜 아무 일도 없는 거야?' 나는 속으로 혼란에 빠졌다. 그런데 옆에서 부드러운 숨소리가 들렸다.

"오, 맙소사! 이런 건 심장에 안 좋은데."

내 옆에는 내가 짝사랑하던 대학 동기 여자 아이가 새근새근 잠자고 있었다. 나는 쭈뼛거리며 어깨를 흔들어 그 아이를 깨웠다. 잠시 후 잠에 취한 표정으로 부스스 일어나더니 너무나 자연스럽게

"아침 뭐 먹을래요?"

라며 주방으로 걸어갔다. 나도 약간 몽롱한 정신으로 뒤를 따라가서 식탁 의자에 털썩 주저앉았다. 냉장고에서 반찬을 몇 개 꺼내 따뜻하게 데운 후 식탁에 올려두며 그녀가 내 앞자리에 살포시 앉았다. 그러곤 자기 국그릇에 담겨 있는 국을 몇 숟가락 떠먹더니 나에게 말을 걸어 왔다.

"오늘은 어디로 놀러갈 거야?"

나는 당황스러웠지만 평소에 꿈꾸던 일이었기에 자연스럽게 대답했다.

"오늘은…"

즐겁다. 행복하다. 이게 정녕 꿈이라면 절대로 깨지 않기를.

나는 드라마에서나 보던 연인들의 데이트를, 대학교에서 슬쩍슬쩍 훔쳐보기만 하고 말도 제대로 못 걸어본 짝사랑 그녀와 하고 있다. 가벼운 농담을 주고받으며 공연을 산책하고, 처음으로 영화관 커플좌석에 앉아 로맨스 영화를 보고 분위기 있는 식당에서 저녁식사를 하고 따뜻한 캔 커피를 뽑아 하나씩 나눠들고 벤치에 앉아 수다도 떨고, 그러다 조용히 서로를 바라보고 얼굴을 가까이 가져갔다. 드디어 올 것이 왔다. 설렌다. 귀에서 종소리가 은은히 들려온다. …응? 종소리? 내 알람소리였다. 기막힌 타이밍의 알람 덕에 거기서 꿈이 깨버렸다.

"아, 안 돼. 이제 진짜 중요한 장면인데."

나는 아쉬움 가득한 혼잣말을 내뱉으며 핸드폰 알람을 꺼버리고 자리에 일어나 앉았다. 비록 꿈이었지만 아직도 그녀 얼굴이 생생하게 떠올라 나는 한동안 침대에 앉아 멍하니 그 CD만 바라보았다.

나는 그날 하루 종일 멍하니 꿈만 생각하다가 문득 다른 생각이 들었다.

'정말 내가 원하는 꿈을 꾸게 해주는구나. 그렇다면…….'

나는 다시 그 골목길 꿈을 파는 가게로 달려갔다. 그곳엔 여전히 할아버지만이 서 계셨다.

"어때? 꿈은 즐거웠나?"

"네. 정말 행복했습니다. 저기 할아버지, 혹시 다른 내용의 꿈도 살 수 있을까요?"

"어떤 내용을 원하나?"

"저기……. 혹시 제가 가수가 되어 성공하는 내용도 될까요?"

"가수? 원한다면 대통령이든 교황이든 모든 것이 될 수 있네만."

"아니요. 다른 건 필요 없습니다."

"가수가 꿈인가?"

"네. 하지만 현실적으로 너무 어려워서 꿈을 포기하고 있었습니다. 그렇지만 꿈속에서라도 제 꿈을 이뤄보고 싶습니다."

나는 가게에서 집까지 전력질주를 해서 달려왔다. 아직 노을이 지고 있는 시각이지만 그것은 아무 상관없었다. 나는 빨리 꿈을 꾸고 싶었으니까. 앰프에서 어제의 것을 뺀 후 오늘 받아온 CD를 밀어 넣었다. 그리곤 재빨리 침대의 이불을 덮었다. 스르륵 잠에 빠져들었다.

눈을 뜨자마자 보이는 것은 내 손에 들린 기타와 무대, 그리고 나를 보고 열광하는 관객들. '아, 이건 진짜다. 내가 드디어 가수의 꿈을 이루었다.' 마음 한편으로는 꿈이라는 것을 인지하고 있었지만 그딴 건 아무 상관없다. 나는 지금 노래를 부르고 있고 내 앞에는 나의 노래를 들어주는 사람들이 몰려 있다. 나는 행복하다. 그리고 공연의 막이 내려갈 때쯤 나는 잠에서 깼다. 언제나처럼 멍한 기분이 아니라 무대 위에서의 흥분이 아직도 내 머릿속에 남아 있었다.

"깨고 싶지 않아. 끝내고 싶지 않아. 꿈꾸고 싶어. 노래하고 싶어."

나는 손을 뻗어 다시 앰프의 재생 버튼을 눌렀다. 깨고 나면 다시 누르고 깨고 나면 다시 누르고, 누를 때마다 내 눈앞에는 나의 목소리에 즐거워하는 사람들이 보였다.

그렇게 나는 몇 날 며칠을 밥도 먹지 않고 꿈에 취해 허우적대었다. 그런데 언제부턴가 꿈을 깨고 나도 더 이상 즐겁지가 않았다. '왜지? 왜 즐겁지 않지? 분명 내가 바라는 무대, 내가 바라는 음악, 내가 바라던 관객, 내가 바라던 꿈…… 맞아, 꿈이었구나. 그래 꿈이지. 그냥 꿈일 뿐이야. 내가 바란 꿈의 그림이 투영된 안개일 뿐, 안개가 걷히면 사라지는 꿈. 내가 꿈속에서 누구와 연애를 하든 어떤 음악을 연주하든 어떤 반응을 받든 어차피 그건 꿈. 내가 바라는 건 고작 하룻밤 만에 사라지는 환상이 아니야.' 나는 휘청거리며 일어섰다. 그리고 앰프의 CD를 꺼내었다. 그리곤 휘청거리며 골목으로 뛰어갔다. 골목의 끝에 다다랐을 때 나의 눈에 들어온 것은……. 가게가 있던 자리는 무너져가는 담벼락뿐 '어서 오세요. 여기는 꿈을 파는 가게입니다.' 라고 적힌 간판은 사라져 있었다. 낡은 가게 문도 없었다. 나는 손에 들고 있던 CD를 바라보았다. 내 손에 들려 있던 건 나에게 행복한 꿈을 선사해 준 CD가 아닌 평범한 공CD일 뿐이었다. 나는 한참이나 그 자리에 서서 가만히 생각했다. 머릿속에서 누군가 익숙한 내 목소리로 속삭이는 것 같았다. 꿈을 파는 가게. 그곳은 꿈을 버리고 도망치듯 이사 온 나에게 나타난 마지막 기회라고, 꿈을 포기하지 않고 그 꿈을 좇아 이루어낼 수 있도록 나를 토닥여 주기 위한 것이었다고…….

나는 집으로 돌아왔다. 그리고 이삿짐 저편에 놓여 있던 기타를 들었다. 늘 하던 대로 녹음기의 전원을 켜고 내가 꿈 속에서 부르던 나만의 노래를 한 소절 한 소절 짚어가며 천천히 불렀다. 그리고 그 CD에 한 곡 한 곡 노래를 녹음해 넣기 시작했다. 환상이 아닌 내 진짜 꿈을 그려 넣기 위해…….

경찰관

_1학년 허성준

아침 일찍 일어나서 학교 갈 준비를 한다. 교복을 입고 부모님께 인사를 하고 학교로 간다. 가는 길에 슈퍼에 가서 빵과 우유를 산다. 8시 30분. 슈퍼에 들른다고 지각을 해버렸다. 선생님의 잔소리를 들은 후 자리에 앉았다. 옆에서 날 보며 비웃는 애들의 소리가 들린다.

"야, 땜빵. 너 빵 사왔지?"

내 학교에서 별명은 땜빵이다. 어렸을 때 누군가가 던진 돌에 맞아서 크게 다쳤었다. 그 상처로 인해서 머리에 작은 구멍이 생겼다. 그래서 애들이 나보고 땜빵이라고 부른다.

"응, 사왔어."

이 말을 들은 애들이 떼로 몰려들어서 가방을 뒤진다. 가방에 있는 책들이 흩어져서 나뒹굴고 필기도구는 애들이 밟아버려서 부서져 버렸다. 화가 너무 나서 소리쳤다.

"먹을 거에 미친 짐승 새끼들아!"

그 순간 빵을 나눠먹고 있던 김종수와 강호석이 먹고 있던 빵을 던지고 침을 뱉으며 다가왔다. 김종수와 강호석은 우리 학교에서 소위말해 일진이다. 고등학생이 일진놀이를 한다는 게 나는 가관이라고 생각했다. 김종수와 강호석 그리고 따까리들이 나를 단체로 밟았다. 아프기도 아팠지만 이렇게 맞아야 되는 내 자신이 너무 한심하고 서글퍼서 눈물이 났다.

"여기까지만 하자. 내일 또 사와. 알겠지?"

나는 너무 화가 났지만 내 마음과는 다르게 알겠다고 대답했다. 나는 항상 생각했다. 지금 당장은 힘들어도 내가 커서 더 잘되면 그 자체만으로도 나를 괴롭히는 애들을 밟을 수 있다고…….

내 꿈은 경찰관이다. 항상 어디서 외부강사가 와서 강의하거나 선생님들이 말씀하시는 걸 들으면 꿈이 있는 건 좋은 거라고 하신다. 내가 경찰관이라는 꿈을 가지게 된 것은 초등학교 때였다. 우리집은 전원주택이라서 마당이 있었다. 그 마당에 강아지 한 마리를 키웠다. 강아지를 분양받은 지 이틀이 채 안 되는 날. 아침에 강아지밥을 주려고 나왔는데 강아지가 보이지 않았다. 당장 부모님께 말하고 집 주변 골목 CCTV 영상을 봤다. 어떤 아저씨가 강아지 목줄을 풀어서 어딘가 데리고 가버린 것이다. 어린 마음에 무척이나 속이 상한 나는 경찰관이 돼서 우리집 강아지를 훔친 나쁜 아저씨를 꼭 감옥에 넣겠다고 다짐했다. 지금 와서 생각하면 웃긴 일이다. 그리고 내 꿈과 달리 현실은 애들한테 괴롭힘 받는 바보멍청이가 아닌가. 학교를 마치고도 나는 마음 편히 쉴 수 없었다. 집에 갈 때는 애들 가방을 다 들어줘야 된다.

"많이 힘드냐? 우리 집까지 얼마 안 남았다. 힘내라."

'나쁜 놈들, 내가 언젠간 복수할 거다.'

항상 겉으로는 표현 못하고 속으로 삭인다. 가방을 다 들어준 후에 터벅터벅 집으로 걸어간다. 집에는 아무도 없었다. 조그마한 식당을 운영하고 계신 부모님은 늦게 돌아오신다. 샤워를 하고 TV를 틀었다. 내가 즐겨보는 드라마가 시작됐다. 드라마가 끝나갈 때쯤에 부모님이 들어오셨다. 피곤에 지친 아버지는 녹초가 돼서 바로 방에 들어가서 침대에 누우셨다. 나도 잠이 와서 TV를 끄고 방에 들어가서 침대에 누웠다. 엄마가 내 방문을 열고 들어와서 뜬금없이 물었다.

"학교에서 괴롭히는 애들 없지?"

나는 뜨끔했지만 대답했다.

“아니, 아무도 안 괴롭힌다. 누가 괴롭히면 내가 가만히 있겠나?”

엄마는 미소를 짓고 안방으로 들어가셨다.

이렇게 말못하고 혼자 괴로움을 느끼면서 눈물로 밤을 지새웠다.

부모님께 속시원하게 말하고 싶었지만 부모님이 속상해 하실까 봐 말을 못하는 내 자신이 짜증이 났다.

애들의 괴롭힘을 버티다 2년이라는 시간이 지났다. 나는 경일대에 수석 입학을 했고 나를 괴롭힌 애들은 듣도 보도 못한 전문대나 지방대로 갔다.

3년 뒤 나는 경일대를 수석 졸업해서 대구 북부경찰서 경위로 들어갔다. 나는 요즘 대구에 있는 많은 초·중·고등학교를 다니면서 강의를 하고 있다. 주제는 당연히 학교폭력에 관한 것이다. 학생들에게 나의 학창시절 이야기를 해주면 의아해 하면서 놀라곤 한다. 이런 아픈 시절이 있던 사람도 고난과 역경을 이겨내면 뭐든지 할 수 있다는 것을 학생들에게 보여주고 자신감을 심어주기 위해서 나는 앞으로도 많은 학교를 다닐 것이다. 학교폭력 피해자를 찾아가 위로하고 그들의 고민을 들어주며 가해자에게는 법의 엄중함을 알릴 것이다. 나는 경찰관이라는 꿈을 이뤘다.

못 다 이룬 꿈

_1학년 권순일

“하성아, 학교 가야지.”

하성이는 엄마의 말에 뒤척이면서 잠에서 깨어난다.

“쿵”

하성이는 대답 대신 침대에서 떨어진다.

“하성아, 오늘은 아침밥 먹고 가거라.”

“엄마, 내가 무슨 소야. 왜 반찬이 다 채소뿐이야.”

“채소를 먹어야 살도 빠지고 건강에도 좋아. 내일부턴 고기 줄 테니 오늘 하루만 먹고 가.”

“아! 싫어. 학교 가서 햄버거 사먹게 돈이나 줘.”

이렇게 하성이집은 아침마다 아우성이다. 고등학교 1학년인 하성이는 조금 뚱뚱하고 키도 크지 않고 잘생기진 않았지만 착한 성격 탓으로 친구들과 관계가 좋다. 하성이는 여름방학이 끝난 후부터 걸어서 등교를 한다. 원래는 살빼기 위해서였지만 또 다른 이유는 좋아하는 여자가 생겨서였다. 게으른 하성이가 계속해서 걸어서 등교를 할 정도로 하성이는 그 여자애를 좋아했다. 그렇게 항상 그 여자애 뒤를 쫓아다니면서 등교를 하지만 말 한마디 걸어보지도 못하고 하루하루를 보냈다. 그러던 어느 날이었다. 다른 날과 다르지 않게 여자애 뒤를 따라가고 있던 하성이를 의심해오던 재훈이가 하성이의 머리를 치며

"너 재 좋아하냐? 그래서 걸어서 학교 가는 거냐?"

라며 묻자 당황한 하성이는

"아니야. 아니야. 아니야."

계속 강하게 부정하다가 재훈이에게는 말해도 될 것같아 이야기를 꺼냈다.

"나 사실 재 좋아해. 너 재랑 친하다며? 부럽다."

그러자 재훈이가

"아, 돼지! 미리 말하지. 너 걔 이름도 모르고 있지?"

"모르는 게 나아. 어차피 그냥 나 혼자 좋아하다 끝낼 건데……."

하성이의 말이 끝나기가 무섭게 재훈이는 하성이의 휴대폰을 빼앗아서 그 여자애 번호를 저장해 줬다. 하성이는 재빨리 휴대폰을 빼앗아 확인했다. 이름을 저장하지 않고 돼지라고 저장해놓아 이름을 알 수 없어 살짝 실망했지만 번호라도 알아내서 기분이 좋아졌다.

그리고 하성이는 속으로 그 여자애 이름을 스스로 알아내겠다고 다짐했다. 그 후 하성이는 자신의 이미지를 바꾸기 위해 안 잡던 펜도 잡고 열심히 공부를 하기 시작했다. 하지만 처음 해보는 공부여서 무슨 소린지도 모르겠고 해서 다음날 학교 선생님께 찾아가서 공부하는 방법도 여쭤보고 선생님과 상담도 했다. 하성이는 그날 처음으로 다른 사람에게 자신의 장래희망을 말했다.

"선생님, 전 커서 좋은 경찰관이 되고 싶습니다. 그런데 경찰대에 가려면 공부를 잘해야 된다는데, 제가 할 수 있을까요?"

하성이가 부끄러워하며 말하자 선생님은

"하성아, 이 세상에 노력해서 안 되는 건 없어. 너도 노력하면 분명 할 수 있어. 선생님이 도와 줄 테니깐 모르는 건 교과과목 선생님께 물어보고 언제든지 찾아 오거라."

하성이는 선생님의 말씀에 자신감이 생겨서 계획도 세우고 그대로 하나하나씩 지켜나가려고 노력했다. 드디어 중간고사 날이 되었다. 공부를 완벽히

하진 않았지만 1학기 때보단 준비도 많이 했고 성적에 대한 욕심도 생겨서 중간고사를 열심히 봤다. 시험을 다 치르고 하성이는 친구들과 노래방도 가고 pc방에도 갔다가 집에 들어갔다. 그런데 생각지도 못한 문자가 와 있었다. '안녕' 이라고 온 문자는 그 여자아이의 번호였다. 아무래도 재훈이가 내 이야기를 그 애에게 한 것 같았다. 하성이는 문자를 썼다가 지웠다가를 반복하다가 '어, 안녕?' 이라고 답장했다. 그 뒤로는 답장이 오지 않았다. 그 다음날 이상하게 그 여자애가 보이지 않았다. 어쩔 수 없이 학교를 향해 가고 있는데 뒤에서

"하성아, 같이 가."

앳된 여자의 목소리가 들려왔다. 설마하고 뒤를 돌아보았더니 정말 그 애가 걸어오고 있었다. 하성이는 그 자리에 멈춰 '어, 뭐지? 꿈인가?' 생각하고 볼을 꼬집었다. 하지만 그건 꿈이 아니었다. 그 여자애는 하성이 옆으로 와 다정하게

"안녕? 나, 소민이야."라고 인사했다. 하성이는

"어, 안녕? 아, 니 이름이 소민이었구나?"

버벅거리면서 대답했다.

"뭐야, 이때까지 내 이름도 몰랐던 거야?"

"어? 아, 어……."

하성이는 어색하게 웃으며 대답했다. 둘이 다정하게 걷는 모습을 본 재훈이가 다가와

"오, 둘이 잘 어울린다."

라고 말하고 사라졌다. 그 말 때문에 둘은 더 어색해졌다. 걷다보니 하성이의 학교에 도착했다.

"하성아, 잘 가."

소민이가 웃으며 인사했다.

"어, 너도 잘 가."

그렇게 어색한 인사를 나눈 뒤 하성이는 기분 좋게 반에 들어갔다. 그날은 중간고사 성적표를 나눠주는 날이었다. 여기저기서 탄식하고 한숨 쉬는 소리가 들렸다. 선생님이 조용히 하성이에게 성적표를 주시면서 '하성이, 경찰대 가겠는데?' 라고 하셨다. 300명 중 200등을 전전하던 하성이는 이번 시험에서 50등 올라 150등 안에 들었다. 조금만 더하면 성적이 더 오르겠다는 생각이 들었다. 그 날은 하성이에게 돈을 아무리 많이 준대도 바꾸고 싶지 않은 날이 되었다.

그 날의 추억이 채 가시지도 않은 며칠 후 재훈이에게서 급하게 전화가 왔다.

"하성아, 어, 충격 받지 말고 들어."

"어, 뭔데?"

"소민이가 사귀는 사람이 생겼어."

하성이는 괜찮다고 한 뒤 전화를 끊었지만 몇 분 동안 아무 것도 할 수 없어 멍하니 있었다. 그러다 이불을 덮어쓰고는 흐느끼기 시작했다. 그러다가 잠이 들었다.

다음날 태연한 듯 걸어서 등교를 했다. 걷다보니 소민이가 보였다. 하지만 곧 그 옆으로 키 크고 날씬한 2학년 선배가 보였다. 하성이는 소민이가 자신을 볼까 봐 골목으로 숨어서 한참 떨어져 걷다가 지각을 했다. 의욕 없이 하루 종일 멍하니 있다가 선생님께 가서 속마음을 얘기했다. 선생님은 진지하게 들어주시며 자신도 옛날에 그런 일이 있었다고, 첫사랑은 원래 마음속에 간직하는 것이며 이루어지지 않을 수밖에 없다고 하셨다.

"니가 성공해서 그 애 앞에 서는 모습을 생각해 봐. 지금은 슬퍼서 선생님 말이 그저 그런 충고로 들리겠지만."

하성이는 이 말을 흘려 들으려다 찔려서 다시 되새겨보았다. 그 후 '사랑은 공부로 잊는 거야.' 라고 종이에 써 붙이고 소민이 생각이 날 때마다 이것을 보고 공부해야겠다고 생각했다.

몇 년 뒤 하성이에게도 오지 않을 것 같던 고3이 왔다. 2학년 때 성적을 많이 올려 30등 안에 들었다. 모의고사도 어느 정도 등급은 나왔다. 조금만 더 하면 되겠다는 생각을 가지고 열심히 공부를 했다. 그러던 어느 날 소민이에게서 문자가 왔다.

'하성아, 뭐 해?'

하성이는 답장을 할까 잠시 고민하다가 휴대폰 배터리를 빼버렸다. 그 후 몇 개월이 지나 수능을 치렀다. 가채점 결과 정말 경찰행정학과에 갈 수 있을 성적이 나왔다. 그날부터 하성이는 공부 때문에 못 한 것들을 하면서 즐거운 날들을 보냈다. 그러다 문득 옛날 생각이 났고 등교 시간의 여유도 있고 해서 걸어서 등교를 했다. 그러다 소민이와 마주쳤다. 서먹서먹하게 걷다가 하성이가 먼저 용기 내어 그 선배랑은 어떻게 됐냐고 물었다.

"좋아서 사귄 게 아니고 어쩔 수 없이 사귄 거라서 얼마 못가서 헤어졌어."

그 말을 들은 하성이는 기분이 묘해졌다. 그렇게 둘은 몇 년 전과 같이 어색하게 걷기만 했다. 그러다 하성이가 용기를 내서

"사실 나 너 좋아했었어. 지금도 좋아하고……. 그니깐 나랑 만나자."

소민이는 살짝 당황한 눈치였다.

"조금만 생각할 시간을 줄래?"

둘은 조금 더 가깝고 어색하게 학교로 갔다. 그 뒤로 하성이와 소민이는 연락도 자주 하며 조금씩 가까워졌지만 하성이의 고백에는 답을 주지 않았다. 며칠 뒤 수능 결과가 발표되었고 하성이는 경찰행정학과에 합격했다. 기뻐하는 가족들과 외식을 하고 돌아오는 길에 소민이에게서 전화가 왔다. 지금 만날 수 있겠냐고. 공원에서 보자고 했다. 급히 공원으로 가던 중 갑작스럽게 소나기가 내렸다. 얼른 건너가 비를 피하려고 뛰던 중

"쿵."

미처 속도를 줄이지 못한 트럭이 하성이를 치었다. 하성이는 몇 바퀴를 굴러서 쓰러졌고 피가 났다. 곧 피가 온 횡단보도를 붉게 만들었다.

잠시 정신 잃은 후 눈을 떠보니 소민이가 곁에 있었다.

"소민아, 이제는 대답해 줄래?"

힘없이 말하고는 의식을 잃었고 병원으로 실려 갔다. 수술을 했지만 의식을 찾지 못했다.

몇 달이 지난 후 하성이가 다닐 대학교는 개학을 했고 하성이는 결국 깨어나지 못하고 자신의 꿈도 이루지 못하고 자신이 사랑한 사람의 대답도 듣지 못한 채 하늘 나라로 떠났다.

다시 만난 꿈

_1학년 백규빈

내 이름 준영. 30살의 백수다.

학원 강사가 꿈인 나였지만 고등학교와 대학교 생활을 너무 평범하게 보내서인지 나를 받아주는 학원이 없었다. 어쩌다가 나를 받아주는 학원을 만나면 거기는 또 월급이 너무 적었다.

그래서 한동안 친구들에게 술이나 얻어먹으며 다녔다.

그러던 어느 날 이불 속에서 할 짓 없이 리모컨이나 만지작대고 있는데 전화벨이 울렸다. 추워서 이불 밖으로 나가기가 귀찮았지만 혹시 학원일지도 모른다는 생각에 TV 옆에 둔 휴대폰을 집어들었다.

"어, 왜? 술 먹자고? 추워서 나가기 싫은데……."

"잔말 말고 빨랑 나와. 니 오늘 생일이잖아. 술 한 잔 살게."

"알았다. 어디로 갈까?"

"그냥 너희 집 근처 포장마차에서 보자."

"오냐."

"빨리 와라. 형아 춥다."

나의 친한 친구인 혁이의 전화였다.

고등학교 때 미친놈마냥 설치던 놈이 어느덧 S전자에 다니더니 얼마 전엔 두 아이의 아빠가 되었다. 나도 잊어버리고 있었던 생일을 기억해 준 친구가 고마워 서둘러 갔다.

"야. 준영아. 빨리 온나."

"기다리라, 인마."

발밑 쌓인 눈에 미끄러지지 않으려고 조심했지만 건너편에서 오던 자전거를 피하려다 결국 미끄러져 엉덩방아를 찧었다.

'이런, 씨…….'

"괜찮나? 조심해야지……. 얼른 일어나게."

"네. 감사합니다."

50대로 보이는 흰머리가 많이 난 아저씨가 나를 일으켜 세워주셨다.

'어우, 쪽팔려.'

건너편에 있는 혁이 놈도 실실 웃고 있었다.

"친구 아픈 게 그렇게 좋나? 아, 아파라."

"흐흐. 미안. 근데 니 방금 좀 웃겼다."

"지랄을 해요. 흐……. 춥다. 빨리 들어가자."

혁이와 나는 소주 세 병과 안주를 시켰다.

"짠"

오랜만에 부딪친 술잔과 함께 이야기꽃이 피었다.

"야. 준영아. 니는 아직도 취직할 생각이 없나? 인마, 이제 일 좀 해라."

"야, 나도 찾고 있어. 근데 가는 데마다 월급이 적잖아. 그 돈으로 언제 결혼하고 언제 집을 사나? 기다려봐, 인마."

"쯧……. 입만 살았네, 진짜."

저런 놈한테 지적당하는 내 인생이 참 한심했다.

"너 요즘 일은 잘 되나? 애들은 잘 크고?"

"아, 몰라 인마. 부장은 맨날 잔소리나 하고 있고, 어제 첫째는 유치원 선생님이 전화 왔더라. 민석이가 너무 설쳐서 다른 애들한테 피해가 간다나 뭐라나. 어휴. 그놈은 누굴 닮았는지, 진짜."

"몰라서 묻나? 니 어릴 적을 생각해 봐라 친구야."

"조용하고 인마. 자 한잔 따라줘."

"자! 받아라."

이렇게 한 잔 두 잔 주고 받다보니 어느덧 해가 졌다.

"아, 맞다. 아내한테 빨리 들어간다고 했는데 또 욕먹겠다. 내 먼저 가 볼게. 다음에 한 번 더 보자."

"오냐. 조심해서 가라."

혁이 놈도 갔으니 한 잔만 더 하다가야겠다는 생각에 남은 술을 따르는 순간 아까 나를 일으켜 세워준 아저씨가 아는 체를 해왔다.

"이보게, 허리는 좀 괜찮나? 많이 아파보이던데."

"예. 괜찮아요. 그런데 아저씨는 혼자 오셨어요?"

"그래, 오늘은 왠지 혼자 있고 싶어서."

아저씨의 어두운 표정을 보니 이유가 알고 싶어졌다.

"아저씨. 그러지 말고 한잔 받으세요. 아줌마, 여기 소주 한 병 더 주세요."

아저씨도 사양하지 않고 잔을 받으셨다.

"아저씨는 무슨 일을 하세요?"

"난 건물 짓는 일을 하네. 사람들이 생각하듯 설계하는 멋진 모습이 아니라 건물 벽에 페인트칠하고 벽돌을 쌓아 올리는 일들을 하지."

그 말을 듣고 아저씨를 보니 흰머리인 줄 알았던 머리카락이 사실은 흰 페인트였다. 이 추운 겨울에도 바깥에서 일하는 모습을 생각하니 아저씨가 안돼 보였다.

"그러는 자네는 무슨 일을 하는가?"

"네? 저는 지금 일자리를 알아보고 있습니다. 학원 강사가 되고 싶은데 학원들을 찾아갈 때마다 월급을 적게 제시해서요."

"그래. 얼마를 준다던가?"

나는 별 생각 없이 얘기했다.

"오후 3시부터 10시까지 130이요."

"적긴 하구만. 하하하."

"그죠? 일단 좀 더 기다려 보려고요."

그 순간 아저씨는 한숨을 쉬며

"자네. 처음 보는 사람한테 이런 말하기는 미안하지만 내 아들 같아서 그러는데 내 얘기 한번 들어주겠나?"

나는 집에 일찍 가고 싶었는데 아저씨 고민까지 들어줘야 한다는 생각에 한숨이 나오려 했지만 아저씨의 진지한 표정이 내 마음을 바꿨다.

"네. 저 시간 많아요. 일단 한 잔 더 받으세요."

"그래. 고맙네. 그때가 아마 40년 전이니까 내가 15살이었을 때였지……."

"나는 어릴 적부터 건축가가 꿈이었다네. 그래서 열심히 공부했지만 형제만 여섯에 셋째인 나에게 집에서 바라는 것은 그런 근사한 일이 아니라 당장 먹고 살기 위한 일이었지……. 그래서 나는 중학교 때 공부를 포기하고 부모님과 함께 동생들을 먹여 살렸어. 그러다 스물셋 이른 나이부터 현장에 나가 각종 일들을 했지. 땅도 파고 의류가게에서 옷도 날라보고 돈을 벌기 위해 별 짓을 다하면서……. 그 때 내가 한 달에 받은 돈이 얼마인 줄 아는가? 지금 돈으로 한 120 정도 받았다네. 참 그렇게 하루 종일 뛰어다니고도 하루에 고작 5만 원 정도를 받은 거지……."

아저씨는 목이 타는지 소주 한 잔 마시고 말을 이으셨다.

"이렇게 이십대를 보내고 나니 내게 남은 건 기쁨도, 많은 돈도 아니었지. 시간이 지나고 보니 너무 후회가 되는 걸세. 내가 지금껏 무엇을 위해 살아왔나 하는 생각이 들기도 하고……. 그러다가 내가 무슨 생각을 했는지 아는가?"

"혹시 자, 자살은 아니겠죠?

"예끼! 그런 말하면 쓰나! 허허허. 공부하기에는 이제 너무 늦었다는 생각이 들어 여러 건축현장엘 갔지. 그러고는 건축과 관련된 일은 잡일이라도 모두 했지. 그게 어릴 적부터 내가 꿈꿔왔던 건축가에 조금이라도 다가갈 수 있는 길인 것 같았어. 그렇게 일을 하고나니 무척 힘들고 돈을 조금 밖에 벌지 못했지만 뿌듯한 마음이 들더군. 비록 건축가는 못되었지만 내 손으로 집을 지었다는 기쁨이 생겼거든…….”

이 말을 들은 나는 꿈을 이루지는 못했지만 꿈을 위해서 다가가는 아저씨가 존경스럽기도 했고 한편으로는 너무 부끄러워 고개를 들 수가 없었다. 일에 대한 대가가 적다며 꿈이 바로 앞에 있어도 발로 차버리는 나의 모습을 아저씨의 과거에 비춰보니 나는 배가 불러터진 놈이었다는 생각이 자꾸만 들었다.

“미안한데 마지막으로 한마디만 해도 되겠나?”

“네. 아저씨 마음껏 하세요. 저 시간 많다니까요.”

“사람들은 머리와 옷에 페인트를 묻히고 다니는 내 모습을 보고 곁눈질을 하네. 자네도 아마 그랬을 걸. 하하하.”

“아. 아녜요.”

“괜찮아. 그럴 수도 있지. 하지만 나는 이런 내 모습이 부끄럽지는 않아. 왠지 아는가? 이 페인트 묻은 옷과 머리는 내 삶의 흔적이거든. 선생님들도 수업 중에 옷에 묻은 분필가루를 부끄러워하지는 않지. 이 세상을 사는 데 돈도 명예도 참 중요한 건 맞지. 하지만 돈과 명예보다 더 중요한 건 진짜 자신이 원해왔던 일들을 찾아 하는 거지.”

“네. 아저씨. 저 아저씨 얘기 듣고 나니까 진짜 제가 원해왔던 꿈이 다시 생각났어요. 정말 감사해요.”

“감사하긴……. 젊은 친구, 귀한 시간 빼앗아서 미안하네. 그럼 나는 이만 가보겠네…….”

아저씨의 눈가가 촉촉해졌다.

“아저씨, 죄송한데 부탁 하나 해도 될까요?”

“뭔가?”

“제가 10년 뒤에 진짜 원하는 꿈을 이루면 여기로 다시 찾아올게요. 그때 나와 주실 수 있나요?"

"그래. 그러지. 허허."

아저씨와 작별인사를 한 뒤 나는 다시 이전에 갔었던 학원으로 뛰어갔다.

"원장님 죄송합니다. 저 여기서 열심히 일하고 싶습니다. 다시 생각해 주실 수 있나요?"

"음……. 일단 들어오세요."

"네!"

원장님과 함께 방금 전 있었던 이야기를 하면서 내 어릴 적 꿈이었던 공부만 가르치는 교사가 아닌 공부를 가르치며 제자들을 사랑으로 감싸줄 수 있는, 또 아이들의 마음을 이해해 줄 수 있는 친구 같은 선생님이 되고 싶다고 이야기했고 원장님은 잠깐의 생각도 하지 않고 나를 환영해 주셨다.

어느 덧 내가 이 학원에 취직한 지 10년이라는 세월이 흘렀다. 학원에 취직한 후 많은 일들이 있었다. 수업에 빠지고 PC방에 가는 아이도 매일 찾아가 데려오고, 아이들이 사랑싸움을 한 뒤 나한테 찾아와 털어놓기도 했고, 아이들과 가끔씩 수업을 미루고 놀러 나갔다가 학부모의 항의 전화를 받는 어려움도 있었지만 절대 이런 모습을 후회하지는 않는다. 작은 동네학원이어서 월급도 적지만 나에게는 그 누구보다 사랑스러운 제자들이 있어서 이겨낼 수 있었다.

길거리에서 우연히 만난 아저씨의 이야기가 내 인생에서 가장 값진 선물이 되었다.

2025년 2월 25일 내 생일.

학원수업 들어가기 5분 전 오랜만에 호진이에게서 전화가 왔다.

"준영이, 지금 일하나? 안하면 나와. 내가 밥 사줄게. 오늘 니 생일이잖아."

"아. 나 학원이야. 있다가 저녁에 사주면 안 되나?"

"그래. 그럼 있다가 전화할게."

'잠깐만 오늘 내 생일이라고?'

"원장님. 정말 죄송한데 갑자기 급한 일이 생각나서요. 202호 제 수업 자습 좀 시켜주세요. 죄송해요!"

"준영 쌤! 준영 쌤! 아휴 정말……."

오늘이 10년 전 그 날인 걸 잊어버렸다.

'설마 아저씨가 계실까?'

잠깐 딴 생각을 하고 있는 사이, 옆에서 오는 자전거와 부딪쳤다.

"아. 죄송합니다. 괜찮으세요?"

"거 참. 뭘 그렇게 서두르나? 그래, 요즘 잘 지내지?"

"아저씨!"

1%의 희망이 있는 광부는 꿈을 캐기 위해 눈물을 흘립니다

_1학년 권기웅

나는 오늘 태어나서 처음 비행기를 타고 한 번도 앉아 보지 못한 비지니스 석에 앉아 스튜어디스와 대화를 나누어본다. 내가 유능하기 때문에 캘리포니아 대학에 초청받은 것은 아니다. 나는 유능한 학자도 아니고, 남과 다르게 머리가 좋은 것도 아니며, 무엇인가를 잘하는 것도 아니고, 돈이 많은 사람도 아니다. 내가 그 대학에 가는 이유는 나의 경험을 다른 사람과 나누기 위해서다. 캘리포니아 학생들은 여러 가지 의문을 갖는다. '유능한 강사인가, 유능한 재력가인가, 유능한 운동선수인가?' 나는 이 3가지 조건에 하나도 충족되지 않는다.

드디어 도착. 학생들 앞에 서서 내 소개를 시작한다. '저는 가난한 광부의 아들입니다.' 그러자 실망한 모습이 역력하다. 그러나 그들을 미워하는 감정 따위는 없다. 왜냐면 아직 그들에게 나의 경험담을 설명하지 않았으니까…….

나는 어린 시절 비싸고 좋은 음식은 전혀 먹어보지 못했고 반대로 시골 촌구석에 있는 풀이란 풀은 다 먹어보았다. 친구들이 먹지 않고 남긴 밥 한 숟가락도 나에게는 아까웠다. 나는 우리 세 가족이 옥탑 방에서 흘린 그 눈물을 아직도 잊지 못하고 있다. 나에게 눈물이란 흔한 일이라서 그다지 큰 감정을 일으키진 못한다. 밥보다는 물과 감자가 전부였지만 그것도 나쁘지는 않았다. 내 또래아이들 중 나보다 더 어려운 아이를 보면 마음으로는 먼저 다가가서 손을 내밀고 싶었지만 내 처지를 생각할 때 그럴 수가 없었다. 꼬질꼬질한 옷에 씻지도 않은 실내화 주머니를 들고 다니며 울음을 터트리던 게 지난 내 모습이었으니까.

상상해 보면 내가 이 자리에 올 수 있었던 것은 나의 실력만은 아니다. 친구들에게 지기 싫어 어머니께 투정부려 도시락은 꼭 챙겨 왔고 친구들에게 관심을 얻으려고 없는 형편에 학급반장에는 무조건 출마했다. 무언가에 홀린 듯 새 학기 반장선거 때는 내가 제일 먼저 손을 올리고 있었다. 지금 생각해 보면 참 부질없는 짓이었는데……. 이장님 집을 맴돌며 텔레비전에 나오는 광고를 몇 편 더 보겠다고 어찌나 발광을 하였는지. 그때를 생각하면 아직도 아련함에 눈이 붉어진다. 이장님은 웃으시며 나에게 '어찌 왔누? 우리 집에 잠시 있지 않으련?' 말씀해 주셨고 나는 너무 어린 나머지 이장님의 손길을 저버린 채 나는 울먹이는 목소리로 '절대로 부러운 건 아니에요.' 라고 말하며, 그 좁은 골목길을 빠르게 달려나왔다. 그렇게 어린 시절의 나는 지기 싫어하며, 남들 앞에 나서는 걸 좋아하고, 도움의 손길을 짓밟았었다. 그래서 친구들은 나에게 선뜻 손을 내밀지 않았으며, 나를 모른 체하거나 무시했다. 하긴 꼬질꼬질한 옷에 돈도 그리 많지 않고 친구들에게 못되게 대하던 나를 좋아해 줄 사람은 없을 것이었다.

어린 시절의 소원은 매우 수수하였다. 혼자 밥 안 먹기, 집에 혼자 안 가기 등……. 좋게 말하면 정말 수수한 소원이었지만 다른 면에서 보면 바보 같고 한심했다. 다른 아이들의 소원은 좋아하는 장난감을 가지거나 가족들과 함께 여행가는 것 같은 거였다. 내가 재미로 상상해 보는 것들이 그 아이들에게는 늘 있는 일이었다. 다른 아이들이 학교를 마친 후 텔레비전을 보거나 친구들과 재미있게 축구를 할 때 나는 더운 여름날 손톱에 물집이 나도록 열심히 땅을 파서 감자를 찾기도 했다. 돌이 너무 많아 감자를 캘 때 손톱이 부서지고 피가 나기도 했는데 그렇게 고생하며 얻은 감자는 나의 점심밥이 되곤 했다. 감자로 점심을 먹는 나에게는 흰쌀밥에 고깃국은 상상할 수 없는 일이었다. 점심을 먹고 난 후 교실로 들어가자 반 아이들이 웅성거렸다. 칠판에 커다랗게 '가정방문' 이라고 쓰여 있었던 것이다. 내일이 주말이어서 그 시간을 이용해 가정방문을 하실 모양이었다. 선생님이 우리 집에 오시면 나의 이런 모습을 아시게 될 것이 아닌가. 너무 부끄러웠다. 시간이 점점 다가오자 불안함에 잠도 오지 않았다.

다음 날 아침. 집 앞을 쓸기 시작하였다. 집 밖으로 나가보니 벌써 도착하신 선생님이 내가 그려준 약도를 보면서 두리번거리고 계셨다. 용기를 내어 외쳤다.

"선생님, 여기예요."

내 목소리를 들으신 선생님은 방긋 웃으시며 인사를 해주셨다. 어머니는 선생님을 매우 반기시는 얼굴이었다. 나에 대한 이야기를 나누시다가 선생님은 자리에서 일어나시면서 나에게 따라오라고 하셨다. 걱정 반 기대 반으로 나가자 선생님은 본인이 자주 가시는 국수집에 나를 데려가셨다.

"국수 먹어 본 적 있니?"

"아니오. 처음 먹어봐요."

그러자 선생님은 미소를 보이셨다. 국수를 다 먹고 집으로 돌아가는 길에 선생님과 놀이터에서 이야기를 나누었다. 내가 먼저 고민을 말씀드렸다.

"삶은 노력한 대로 결과를 주는데 왜 저는 그 결과를 받지 못하는 걸까요?"

선생님은 웃으시며 말씀하셨다.

"선생님도 아직 받지 못했어."

나는 의아하였다.

"그치만 너랑 나 둘 다 열심히 살아가면 그 결과를 꼭 보게 될 거야."

난 선생님의 말에 큰 용기를 얻었다. 선생님과 헤어져 돌아오는 발걸음은 가벼웠다. 집으로 돌아와 보니 신발장에는 아버지의 신발이 있었다. 오랜만에 돌아오신 거라 반가운 마음에 인사를 드리려고 안방문을 열었다. 아버지는 단칸방에서 혼자 쪽잠을 주무시고 계셨다. 방 안으로 들어가 보니 아버지가 먹다 남은 소주와 빈 잔이 놓여져 있었다. 이불 없이 쪽잠을 주무시는 아버지가 마음에 걸려 이불을 덮어 드리려다가 아버지 다리의 붕대와 손가락의 상처들을 보게 되었다. 등을 돌린 채 난 숨죽이며 눈물을 흘렸다. 그러자 그 소리를 들은 아버지는 나에게 말씀하셨다.

"다음 달에 꼭 맛있는 거 먹으러 가자."

난 말없이 아버지를 안아드렸다.

다음날 나는 어머니와 처음으로 교회에 갔다. 어머니의 평소 소원이었는데 처음으로 교회에 가는 나도 잔뜩 기대가 되었다. 교회 안 천장은 정말로 높아만 보였다. 어머니는 내 손을 붙잡으시고 의자에 앉아서 말씀하셨다.

'이렇게 두 손 꼭 모으고 기도해 봐. 그러면 하나님이 니 소원을 꼭 이루어 주실 거야.'

어린 마음에 두 손을 땀이 날 정도로 꽉 모으고 열심히 기도를 했다. 나와 같은 또래의 아이들도 몇몇 보였다. 점점 친구들을 하나 둘씩 알아 가게 되었고 교회 오는 날이 정말 즐거워졌다.

시간이 흐른 뒤 난 교회에서 초등학생들의 교사를 맡게 되었다. 아이들이 내 이야기에 집중하는 모습이 참 예뻤다. 나의 성실함에 늘 칭찬을 아끼지 않으시던 목사님이 나에게 좋은 기회를 하나 마련해 주셨다.

"혹시 이번에 꿈을 주제로 강연을 하나 해줬으면 하는데 가능하겠나?"

난 용기 내어 열심히 준비해보겠다고 했다. 그리고 강연 당일이 되자 긴장되는 마음을 주체할 수가 없었다. 그때 한 통의 전화가 왔고, 목사님이 나를 불러내셨다. 영문을 모른 채 밖으로 나가 목사님을 만났다.

"내가 오늘 강연을 위해 선물을 하나 준비했네."

목사님은 내 손을 잡으시고 양복점으로 향하셨다. 그리고 점원에게 말하였다.

"여기 이 친구, 좋은 양복으로 하나만 골라주게."

당황스러웠다.

“이번 강연 잘 하라고 내가 특별히 하나 사주는 걸세. 그리고 자네 10년 동안 양복 입은 모습을 볼 날이 없었지 않았던가.”

두 눈이 붉어진 나는 목사님께 말했다.

“기도는 정말 간절하게 했을 때 이루어진다고 생각했는데 제 기도가 하나님께 들렸나 봅니다.”

목사님은 맞추어진 양복을 손에 쥐어주시면서 나에게 말씀하셨다.

“강연준비 최선을 다해서 하게나. 나도 꼭 지켜보고 있을 테니.”

목사님에게 감사의 인사를 드리고 대기실을 향해 열심히 뛰어갔다. 준비해온 말이 적힌 종이를 보며 내가 진짜로 이야기 하고 싶은 것이 이 종이 위에 적혀진 글인지 생각해 보았다. 그러고는 꿈에 대해 이야기하고 소통하는 것이 목적이지, 가르치기 위함이 아니라고 생각을 정리한 뒤 당당하게 단상위로 올라갔다.

“여기 계신 분 중에서 미래의 모습을 정말 세세하게 생각해 보신 분 있나요?”

강연장은 조용해졌다. 난 또 다른 질문을 하였다.

“여기 혹시 꿈을 위해서 정말 열심히 노력해서 남에게 부끄럽지 않을 정도로 열심히 살아오신 분 있나요?”

강연장은 또 조용해졌다.

나는 말했다.

“꿈은 걸어가느냐 비행기를 타고 가느냐에 따라 매우 다릅니다. 예를 들어 계단과 엘리베이터 둘 중에서 하나를 골라서 정상까지 가라고 한다면 대부분의 사람들은 엘리베이터를 선택할 것입니다. 힘들이지 않고 편하고 빠르게 도착할 수 있기 때문입니다. 하지만 그것을 꿈에 비유한다면 이야기가 달라진다고 저는 생각합니다. 자신이 진정 원하는 것은 한 번의 시도로 달성되는 경우는 없습니다. 무엇이든지 과정은 있습니다. 하지만 그 과정을 차례로 밟고 가느냐 아니면 과정보다는 결과를 우선시 하느냐의 차이입니다. 물론 힘들이지 않고 바로 올라가면 먼저 도착한 이득은 반드시 있을 겁니다. 하지만 과정을 차례로 밟고 간 사람은 위기의 순간에서 쉽게 대처할 수 있지만, 과정 없이 손쉽게 오른 사람들은 조그마한 위기에도 어찌할 바를 몰라 당황하다가 맨 꼭대기에서 맨 밑 지하로 내려가게 될 수도 있습니다. 여러분, 무조건 목표를 위해서 달려가는 것, 정말 중요합니다. 하지만 그 목표를 달성하기 위해서 남을 이용하거나 비겁한 방법을 이용하는 것보다는 조금 느리게 가더라도 정정당당히 단계를 밟는 것이 꿈의 진정한 시작입니다."

학생들이 박수를 힘껏 쳐주었다. 강연을 끝내고 편한 옷으로 갈아입고 대기실로 들어가자 부모님과 목사님이 내 앞에 서 계셨다. 어머니는 두 손을 잡아주시면서 기쁨의 눈물을 흘리셨다. 목사님은 말없이 엄지손가락을 높이 들어 올려 주셨다. 그리고 아버지는 내 어깨를 쓸어내려 주시면서 붉어진 눈으로 작은 미소를 보내셨다. 나는 목사님께 받은 양복을 아버지께 건네며 말하였다.

"아버지는 작업복보다 이 양복이 훨씬 잘 어울릴 것 같아요."

아버지는 보이지 않으려 하셨던 뜨거운 눈물을 결국 내 앞에서 흘리셨다.

그 아련한 추억을 난 잊어버릴 수가 없다. 지금 그때의 아버지 나이가 돼버린 나는 캘리포니아 학생들에게 말하였다.

"난 가난한 광부의 아들입니다. 하지만 내가 광부의 아들이라는 사실을 원망한 적은 없습니다. 내 마음속에서 아버지는 석탄을 캐는 광부가 아니라 꿈처럼 빛나고 값진 다이아몬드를 캐는 광부였거든요."

캘리포니아 학생들은 공감의 박수를 보내주었다.

지난날에 대한 후회를 하며 살아가는 천재보다는 꿈을 찾으며 후회 없는 삶을 살아가는 바보가 인생에서 더 큰 가치가 있다.

믿으면 안 되는 것

_2학년 이동광

거실이 곧 안방이 되는 집. 바로 내가 살고 있는 원룸이다. 침대 위에 있는 작은 창문으로 햇빛이 들어오고 그 햇빛이 끝나는 지점에는 내가 돈을 벌 수 있는 유일한 수단인 노트북이 책상 위에 올려져 있다. 나는 반바지 하나만을 입은 채 의자에 앉아 노트북을 켰다. 바탕화면이 나타나자마자 익숙하게 쓰던 글을 열었다. 정리되지 않아 어지럽게 적혀 있는 글들을 보며 도대체 어제 무엇을 적은 건지 생각조차 나지 않았다. 머리가 지끈거렸고 분명 이건 내가 생각한 작가의 모습이 아니라는 생각이 들었다.

나는 고등학생 때부터 작가가 꿈이었다. 내가 커서 되고 싶은 작가의 모습은 무척 가정적이면서 틈틈이 산책도 가고, 개도 기르면서 아늑하게 사는 것이었다. 그러나 현실은 사랑하는 사람도 없고 초라한 방에서 글을 쓰고 있으니 참 암담했다. 소설을 아무리 써도 당선이 되지 않아 돈을 벌지 못하고 출판사에서도 받아주지 않아 출판도 못하고 있는 것이 현실이었다. 나는 문예창작학과를 졸업하고도 소설가로서 실패한 삶을 살고 있는데 인터넷에 가끔 올라오는 유명한 작가는 본 직업을 가지고 있으면서 취미로 글을 쓴 것이 유명해지는 경우도 있었다. 그런 뉴스를 보면서 내가 참 한심하다는 생각을 했다. 게다가 부모님께서 용돈을 주실 때마다 '언제까지 용돈을 받는 입장이어야 하나' 라는 생각에 마음이 아파왔다.

배가 고파서 냉장고를 열어보니 텅텅 비어 있었다. 어제 저녁에도 냉장고가 비어 있어 밥도 못 먹고 잠을 잔 것이 떠올랐다. 한숨을 쉬며 지갑을 열어 보니 가진 돈은 달랑 2천원뿐이었다. 빵이라도 먹어야겠다는 생각에 옷을 주섬주섬 입었다.

그때 현관문을 두드리는 소리가 들렸다. 문을 열려는 순간 직감적으로 위험을 눈치채고 접이식 침대 뒤로 숨었다. 노크 소리가 점점 강해지더니 주인 아주머니의 신경질적인 목소리가 들렸다.

"집에 있는 거 다 알아. 총각! 일곱 달 밀린 방세 네 달치로 줄여 줄 테니깐 3일 안에 방 빼!"

침대 뒤에 쭈그리고 앉아서 그 소리를 들으니 가슴 깊은 곳에서 서러움이 밀려왔다. 눈물을 흘리면서 글을 잘 쓰고 싶고 유명해지고 싶다고 중얼거렸다. 그러나 아무도 들어줄 사람이 없다는 것을 알자 더욱 서러워졌다. 울컥하는 기분을 참지 못하고 쓰고 있던 모자를 집어 던졌다. 그런데 모자가 공중에서 점점 느려지더니 이내 멈췄다. 옆에 있던 물병도 던져보았다. 마찬가지로 공중에서 멈췄다. 손에 잡히는 대로 다 던졌다. 온 집안의 쓰레기가 공중에 떠 있으니 마치 아기들 침대 위 모빌을 보는 거 같았다. 창문 밖을 내다보니 날아가던 새들과 지나가는 사람들, 축구하던 아이들까지 일시정지를 누른 듯 하나같이 멈춰 있었다. 겁이 나기보다는 이 세상에 나만 움직일 수 있다는 생각에 게임을 하는 듯한 느낌을 받았다.

정말 오랜만에 자유로운 기분을 느끼고 있는데 복도에서 발소리가 들렸다. 마치 남자의 구두소리 같은 딱딱한 소리가 점점 가까워졌다. 멍하게 듣고 있다가 내가 있는 집 앞에서 소리가 멈추자 다시 침대 뒤로 숨었다. 문이 열리는 소리가 들리고 방 안으로 들어오는 소리도 들렸다. 온 세상이 조용하니 발자국 소리가 더욱 크게 들렸다. 이내 다시 나가는 발소리가 들리고 나는 조심스레 고개를 내밀어 보았다. 하지만 남자는 아직 그 자리에 있었고 나를 쳐다보고 있었다. 그의 차가운 시선과 마주치자 온몸이 얼어붙는 듯한 느낌을 받았다. 그는 잘생긴 외모에 큰 키, 까만 정장을 입고 있었고, 정장 사이로 보이는 보라색 와이셔츠는 그를 세련되어 보이게 만들었다. 그는 내가 던져놓은 쓰레기들을 손으로 밀치며 내게로 걸어왔고 나의 간절한 기도를 듣고 찾아왔다고 했다. 가까이서 본 그는 얼굴에 핏기 하나 없는 창백한 얼굴이었다. 나는 떨리는 목소리로 누구냐고 물었고 그는 스스로를 악마라고 소개했다.

이후 멈췄던 모든 것이 원래대로 돌아왔고 악마는 사라졌다. 악마는 사라지기 전에 내가 성공할 수 있게 옆에서 열심히 돕겠다고 했다. 책에서 보던 악마는 정말 나쁘고 비열한 줄 알았는데 나를 돕겠다고 말을 해주니 그 책들이 모두 의심스러워졌다. 악마는 이틀 간격으로 나에게 찾아와 주었고 나에게 글을 쓸 소재나 자신이 과거에 한 일들을 친절하게 말해 주었다. 그가 말해 주는 이야기들은 모두 자신이 직접 한 일들이었는데 14세기 유럽을 지옥으로 바꾼 '흑사병', 18세기 후반 아일랜드를 황폐화시킨 '아일랜드 감자 대기근', 그리고 1차 세계대전의 시발점이 된 '사라예보 사건'까지 모두 그가 한 일이었다. 이 놀라운 것들을 소설로 옮기니 엄청 괜찮은 글이 나왔다. 그 글들을 차곡차곡 모아 각종 공모전에 출품했고 마침내 출판사에서 연락이 왔다. 꿈에 그리던 계약을 하게 된 순간이었다. 정말 꿈에 그리던 순간이었다. 부모님은 시골에서 올라오셔서 같이 기뻐하셨고 드디어 꿈을 이루었다는 사실에 악마가 고마워졌다.

출판계약을 하고 3일 뒤, 악마가 찾아왔다. 나는 악마에게 정말 고맙다고 정중하게 인사했다. 그러자 악마는 공짜는 아니라고 웃으며 말했다. 나는 나중에 돈 많이 벌면 대가를 지불할 테니 글 쓰는 것을 마저 도와달라고 했다. 그는 환하게 웃으며 중세시대의 농부에게 한 일을 말해 주었다. 그가 말해 주는 것을 받아 적다가 문득 화면에 비친 악마의 모습을 보았는데 환하게 웃는 모습이 너무 섬뜩하게 느껴졌다. 더 이상 함께하면 안 될 것 같은 느낌을 강하게 받는 순간 휴대폰에 진동이 울렸다. 전화를 받으며 뒤돌아보니 악마는 사라지고 없었다.

"야, 소개팅 잡혔다. 빨리 옷 갈아입고 나와!"

친구는 자기가 할 말만 하고 끊었고 소개팅이란 말에 나는 빠르게 옷을 갈아입었다.

시내에 있는 카페로 가니 내 친구와 여자애들이 즐겁게 떠들고 있었다. 출판계약비로 옷을 산 나는 유리에 비치는 모습을 확인하고 당당하게 카페로 갔다.

"어? 왔다 왔다. 얘가 내가 말한 내 친구야. 얼마 전까지 찌질하게 살다가 출판계약 성사돼서 이제는 잘나가는 작가야."

'찌질'이라는 단어가 마음에 들지 않았지만 사실이라서 그저 웃고만 있었다. 내 맞은편에 앉은 여자애가 자꾸 나를 쳐다보았다. 다소 부담스러웠지만 기분이 나쁘지가 않았다. 드디어 기다리던 커플 선택의 시간이 왔다. 예전에는 소개팅을 나가도 커플 선택에 딱히 기대를 하지 못했지만 이번에는 달랐다. 계속 나를 쳐다보는 애가 있어서 살짝 기대감을 가지게 되었다. 결과가 나오고, 나는 나를 계속 쳐다보던 여자와 같이 밖으로 나오게 되었다.

집에 돌아온 나는 기분이 무척이나 좋아졌다. 그 애 이름은 '김효민'이었다. 그 애를 집까지 데려다주고 오는 길에 기분이 좋아 뛰다가 넘어질 뻔하기도 했다. 그래도 마냥 기분이 좋았다. 집에 잘 들어갔냐고 연락을 하고는 접이식 침대에 얼굴을 묻었다. 이 좋은 기분을 주체할 수가 없었다. 그때 휴대폰에 진동이 울렸고 나는 효민이인가 싶어서 당장 휴대폰을 보았다. 그런데 효민이가 아니었다. 출판사였다. 출판사에서 이제 판매를 시작한다고 연락이 왔다. 나는 이 기쁜 사실을 효민이에게 바로 알렸고 부모님께도 알렸다.

"좋은가 봐?"

어느 샌가 악마가 나타나 내 귀에 속삭였다. 이젠 갑자기 나타나는 것에 대해서는 전혀 놀랍지 않았다. 단지, 남자가 내 귀에 속삭인다는 것이 적응이 되지 않았다.

"네가 말해 준 이야기들 덕분에 드디어 내가 돈을 벌 수 있게 됐어! 이제부터는 부모님께 용돈도 드리고 밀린 방세도 내고……. 아니지, 더 좋은 집으로 이사 갈 거야!"

나는 흥분을 한 상태로 악마에게 말을 했고 악마는 환하게 웃으며 제발 행복하라고 말해 줬다.

3년이 지난 지금 나는 부와 명예를 동시에 가지고 있다. 내가 쓰는 글에는 모두 악마가 나오고 악마가 한 짓이 나오기 때문에 '글 쓰는 악마' 라는 별명을 얻으며 명예를 쌓았고, 내가 쓴 글은 모두 영화화되어 부가 쌓였다. 게다가 해외에도 출판을 하게 되어 출장도 자주 갔으며 집을 사고 개를 키우며 내가 원하던 아늑한 삶에 한 걸음씩 다가가고 있었다. 집은 전에 살던 원룸과는 비교도 되지 않을 정도로 큰 주택이었고 이제 결혼만 하면 내 꿈을 이룰 수 있게 되었다. 그때 악마가 나타나 내게 말을 했다.

"성공했네? 이제 수고비를 받아야겠어."

악마가 돈을 필요로 할지는 전혀 몰랐다. 얼마를 요구할까 싶어 살짝 긴장도 됐지만 내가 이만큼의 위치까지 오는 데에 악마의 도움이 굉장히 컸으니깐 얼마든지 지불한 용의가 있었다. 그러나 악마가 원한 것은 돈이 아니었다.

"네 딸. 나중에 태어날 네 딸을 가져가겠어."

처음에는 내가 잘못 들은 줄 알았다. 하지만 그의 말은 진심이었고 나는 말도 안 되는 소리 하지 말라고 소리쳤다.

"나는 자원봉사자가 아니야. 네가 만약에 수고비를 주지 않겠다면 그냥 네 삶을 우리가 만나기 전으로 돌려버릴 수도 있어. 원해?"

전혀 원하지 않았다. 주인집 아주머니의 고함과 갑갑한 단칸방으로는 죽어도 돌아갈 수 없었다. 어차피 딸은 아직 태어나지도 않았고 딸이 태어난다는 보장도 없었다. 고민 끝에 악마와 약속을 했다. 악마는 약속을 하자마자 순식간에 사라졌고 나는 괜한 불안감을 지울 수 없었다. 그때 효민이의 메시지가 왔다.

'네 집 앞에 잠시만 나올래?'

옷을 대충 걸치고 공원으로 갔다. 나무 사이로 깔려 있는 인도를 따라 효민이를 찾아 걸어 다녔다. 커다란 느티나무를 끼고 도는 순간 내 귓가에 부드러운 기타소리가 들렸다. 소리가 들려오는 쪽으로 고개를 돌려보니 효민이가 느티나무 밑 벤치에서 기타를 치고 있었다. 눈을 지그시 감고 기타에 몰두해 있는 효민이를 방해하기 싫어 가만히 보고 있었다. 둘만 있는 공원에서 가로등의 은은한 불빛을 조명삼아 노래를 부르는 효민이의 목소리가 무척이나 아름다워 악마와의 약속을 잠시 잊게 만들었다. 노래가 끝나고 효민이는 민망한 듯이 멋쩍은 미소를 지으며 나를 바라보았다. 나는 멍한 눈빛으로 그저 박수만 치고 있었다. 효민이는 기타를 내려놓고 내 곁으로 오더니 내 귀에 대고 속삭였다.

"나랑 결혼하자."

거절할 이유가 전혀 없었던 나는 목이 부러져라 고개를 끄덕였고 우리는 얼마 뒤 결혼식을 하게 되었다. 결혼을 한 후 얼마 지나지 않아 효민이는 임신을 했고 드디어 부모가 된다는 사실에 효민이와 손을 잡고 기쁨의 눈물을 흘렸다.

그러던 어느 날, 나는 모든 남편이 그렇듯이 임신한 아내를 위해 먹고 싶은 음식을 사러 근처 분식집을 가고 있었다. 효민이가 노래를 불러주던 공원을 지날 때 맞은편에서 양복을 입은 남자가 걸어왔다. 나는 본능적으로 악마라는 것을 눈치채고 뒤돌아서 반대 방향으로 가려 했다. 하지만 뒤돌자마자 악마는 내 얼굴 바로 앞에 나타나 나를 웃으며 바라보았다.

"어디 가려고?"

나는 애써 웃으며 분식집을 간다고 했다. 그러자 악마는 입이 귀에 걸릴 듯이 웃으며 말했다.

"그래? 난 지금 네 집 가는데?"

하고는 말할 기회도 주지 않고 안개처럼 사라져 버렸다. 나는 집을 향해 달려갔다. 신고 있던 슬리퍼가 벗겨져도 신경 쓸 겨를이 없었다. 육교를 건너고 집으로 향하는 언덕을 달려 올라가 문을 거칠게 열었다. 거친 숨을 내쉬며 아내의 이름을 외쳤다. 그러자 2층에서 걱정스러운 눈빛을 한 효민이가 나타났다. 무슨 일이냐고 묻는 효민이의 손목을 잡고 안방으로 들어갔다. 안방 문을 잠그고 악마가 나타나기를 기다렸다. 하지만 아무리 기다려도 악마는 모습을 보이지 않았고 무슨 일이냐고 계속 묻던 효민이는 지쳐서 잠이 들었다. 잠든 효민이를 보며 괜히 나의 이기심 때문에 앞으로 고생할 것을 생각하니 정말 미안했고 악마로부터 꼭 지켜야겠다는 생각을 했다.

베란다로 햇빛이 들어오고 결국은 뜬눈으로 밤을 보냈다. 아침에 눈을 뜬 효민이는 옆에서 계속 서 있던 나를 보더니 도대체 무슨 일이냐고 물으며 울었다. 악마와의 일들을 생각하니 머리가 지끈거리기 시작했다. 아내의 뱃속에 있는 아기가 딸이 아니기만을 빌었다.

그러던 중, 갑작스럽게 아내가 복통을 호소했다. 당장 아내를 데리고 산부인과로 달려갔다. 아내는 분만실로 곧장 실려 갔고 나는 분만실 앞의 의자에 앉아서 제발 무사히 순산하기를 기도했다. 간절한 마음으로 기도하고 있을 때 의사인 듯한 이가 내 옆에 와서 손을 잡아 주었다. 창백한 손이 닿았을 때 나는 그가 의사가 아님을 눈치 챘다. 불길한 마음으로 고개를 돌려보니 거기에는 환하게 웃고 있는 악마가 있었다. 그를 붙잡으려 하자 복도 끝에서 나에게 손을 흔들고 있었다. 그때 분만실 문이 열리고 간호사가 나를 불렀다. 온몸에 땀이 흥건한 아내가 나를 보며 힘겨운 미소를 지었고 아내의 품에서 갓 태어난 아기가 울고 있었다. 간호사는 나에게 말했다.

"축하드립니다! 건강한 공주님이에요."

아이가 태어나고 한 달 뒤부터 악마가 매일같이 내 앞에 나타났다. 그는 아주 교묘하게 변장을 하고 나타나 어쩔 때는 못 알아볼 때도 있었고 때로는 나와 친한 사람으로 변장을 해서 그를 환영할 때도 있었다. 가끔씩은 늦은 밤에 현관에 서서 나에게 인사를 할 때도 있었고 자고 있는 아기를 가만히 보고 있을 때도 있었다. 그때마다 놀라는 마음으로 악마를 쫓아보았지만 그는 언제나 다시 돌아왔다. 집에 십자가도 걸어보고 신부님도 불러보았지만 별 다른 효과는 없었다. 나는 밤낮으로 경계를 하다 보니 글도 못 쓰고 잠도 자지 못했다. 잠을 자지 못해 발생하는 스트레스는 상상 이상이었다. 사소한 일에도 신경질을 내기 일쑤였고 점점 무뚝뚝해져 갔다. 아내는 그런 나를 보며 슬퍼했지만 아내에게는 설명해 주지 않았다. 설명해 줘봤자 이해를 못 할 것이 뻔했기 때문이다.

아내와 크게 싸웠다. 현관 앞에 십자가를 걸어놓을 생각으로 못질을 하자 아내가 달려 나와 하지 말라고 말렸던 것이다. 이게다 자신을 위한 일임을 모르는 아내에게 화가 난 나는 망치를 바닥으로 던지며 집에 들어가 있으라고 소리쳤다. 하지만 망치가 바닥에 부딪혔다가 아내 쪽으로 튀었다. 망치가 아내의 정강이를 때리고 바닥으로 떨어졌다. 전혀 의도치 않은 일에 놀랐지만 아내는 나를 보며 눈물을 흘렸다. 본능적으로 이제 끝이라는 느낌이 들었다.

아내는 가방에 옷을 넣고 있었다. 내가 아무리 고의가 아니라고 말을 해도 종교에 미쳐서 자신을 때린다며 내 말은 들으려고도 하지 않았다. 아내는 캐리어를 끌며 아기를 안고 나가버렸다. 아기를 지켜야 하는데 몸은 움직이지 않았다. 그동안 잠을 못 자 쌓인 피로가 한 번에 몰려오는 기분이 들어 침대로 쓰러졌다.

이틀 뒤 잠에서 깬 나는 아내가 아직 오지 않았다는 것을 알았다. 돌아왔었더라도 자고 있는 나를 보고 다시 나갔을 것이라는 생각이 들었다. 아내가 옷을 급하게 챙긴다고 집안이 엉망이 되어 있는 것을 보니 한숨이 나왔다. 나는 술을 꺼내 병째로 들이키기 시작했다. 한 병, 두 병, 세 병. 나는 얼굴이 달아올랐고 정신이 몽롱해지기 시작했다. 그때 악마의 얼굴이 떠올랐다. 해맑게 웃는 얼굴, 입이 귓가에 걸려있고 날카로운 송곳니가 다 드러나는 그 얼굴, 그 얼굴을 떠올리자 내 심장 바로 아래쪽에서부터 뜨겁고 무거운 것이 순간적으로 올라왔다. 소리를 지르며 들고 있던 술병을 던졌다. 술병이 공중에서 멈추었다. 잠시 멍하게 술병을 보던 나는 이제 악마가 나타난다는 생각에 정신이 확 깼다. 악마는 벽 뒤에서 천천히 걸어 나왔다. 해맑은 얼굴로 웃으면서 말했다.

"이제 가져갈게, 내 수고비."

나는 악마에게 달려들었다. 하지만 악마는 사라졌고 공중에 떠 있던 술병이 내 머리로 떨어져 박살났다. 내 머리에서는 피가 흐르고 있었지만 신경을 쓸 겨를이 없었다. 그저 딸을 지켜야 한다는 생각에 차를 몰고 아내가 있는 처가로 향했다. 머리에서는 뜨거운 피가 계속 흐르고 있었고 그게 눈을 가려

사고도 날 뻔했지만 멈추지 않았다. 아파트 앞에 도착하자 아내는 딸을 안고 한 손에는 비닐봉지를 들고 있었다. 나는 아내에게 달려가 아기를 빼앗았다. 아내는 들고 있던 비닐봉지를 던지고 나를 따라 달려왔지만 자동차를 따라잡을 수는 없었다. 백미러를 통해 아내를 본 나는 미안한 마음도 들었지만 아내의 뒤에서 웃고 있는 악마를 보자 멈출 수 없었다. 아파트 입구를 돌아 큰길에 들어서자 나는 속도를 더 내었다. 그러다 문득 불길한 느낌이 들었다. 왠지 이 차 안에 악마가 있을 듯한 기분이었다. 뒷좌석에 누워 있던 악마는 천천히 몸을 일으키고는 가소롭다는 듯한 미소를 지었다. 자동차는 날카로운 마찰음을 내며 다리 위에서 멈추었다. 차에서 내린 나는 난간을 향해 달려갔다. 이 세상 어디로 도망가든 악마는 언제든 쫓아올 수 있다는 생각에 차라리 내가 죽는다면 악마와 싸울 수 있을 거라는 생각이 들었다. 딸의 얼굴을 보며 잠시 망설였지만 이내 딸을 품에 안고 난간 밖으로 뛰었다.

온 세상이 하얗게 보였다. 모든 것이 검붉은 색으로 바뀌었다. 그 사이를 뚫고 악마가 나타났다. 그는 웃다가 갑자기 정색하며 나를 걷어찼다.

"넌 필요 없어."

정신을 차려보니 병원침대에 누워 있었고 내 팔에는 은색 수갑이 걸려 있었다. 내가 정신을 차리자 경찰들은 나를 에워싸고 곧장 경찰차에 태웠다. 딸은 죽었고 나는 무기력하게 취조를 당하고 재판도 받았다. 울고 있는 아내를 보자 마음이 아팠다. 나의 모든 재산은 아내에게 돌아갔고 나는 감옥으로 들어갔다.

8년이라는 시간이 흘러 삼십대의 중반이 된 나는 아내를 잃고, 딸을 잃고, 재산도 모두 잃고 다시 원룸으로 돌아왔다. 옛날과 다른 점이 있다면 나는 나이가 더 들어 의욕마저 사라졌다는 점이다. 한숨을 쉬며 그나마 하나 남은 노트북을 바라보았다. 그때 갑자기 무엇인가가 떠오르기 시작했다. 미친 듯이 노트북을 켜고 글을 쓰기 시작했다. 눈은 노트북을 보지 않고 다른 곳을 보면서 손가락은 망설임 없이 빠르게 움직였다. 미친 듯이 써내려 간 것은 바로 내가 악마에게 당한 8년 전의 이야기였다.

kim's 대표 인터뷰

_1학년 김찬섭

"안녕하세요?"

이 기자가 환하게 웃으며 내 작업실로 들어왔다. 오늘은 10대들이 보는 잡지에서 요청이 들어와 인터뷰를 하는 날이다.

"안녕하세요?"

나도 반갑게 이 기자를 맞았다.

"준비는 다 되셨나요?"

"저야 뭐, 준비할게 따로 있나요?"

나는 씩 웃었다.

"자, 그럼 인터뷰 바로 시작하겠습니다."

"먼저 자기소개 좀 부탁드립니다."

"안녕하십니까, 저는 우리나라 최고의 의류 브랜드 kim's의 사장이자 디자이너인 김찬섭입니다."

"어떻게 처음에 디자이너라는 꿈을 가지게 되었나요?"

"처음에 저는 꿈이 없었습니다. 아버지가 군인이셔서 아버지처럼 군인이 되고 싶기도 했었지만 저에게 와 닿는 직업은 아니었습니다. 그래서 꿈을 찾기 위해 많은 노력을 했습니다. 그러다가 고등학교 1학년 때 내가 좋아하는 것과 직업을 연관시켜 나에게 딱 맞는 직업을 찾았습니다. 그게 바로 디자이너였습니다. 내가 직접 옷을 만들어서 거리에서 사람들이 내가 만든 옷을 입고 다니는 모습을 보는 게 그 당시 제가 세운 목표였죠."

"아, 그러시군요. 지금은 그 꿈을 이루셨는데 그 과정이 궁금한데요."

"음……. 학생이었으니까 원하는 목표를 이루기 위해 성적을 제일 먼저 올렸습니다. 한양대 의류학과를 목표로 설정했죠. 목표가 생기고 나서는 중간 정도 하던 성적을 손가락에 꼽을 수 있을 정도까지 올렸죠. 그렇게 해서 결국 의류학과에 입학했고 대학을 다니며 복수전공으로 경영학을 전공했죠. 대학 졸업 후에 작업실을 만들 자본금이 없었는데 정부에서 지원하는 프로그램을 통해 다행히 작은 작업실에서 시작하게 됐죠. 처음에는 재킷 종류만 주로 디자인하고 팔았는데 무엇인가 마음에 들지 않았죠. 제가 직접 사람들의 코디를 해주고 싶은 마음에 고객과 화상으로 만나서 판매도 하고 코디도 해주며 대학동기들과 함께 kim's를 시작하게 되었습니다."

"그 뒤에는 계속 유명해지신 건가요?"

"아니요, 그 뒤에 두 번 정도 kim's를 파산시킬 뻔한 적이 있었지요. 하지만 꿋꿋하게 잘 견뎌내서 이렇게 성공했습니다."

"디자이너와 기업가라는 두 직업을 함께 가지고 계신데 힘든 점은 없으신가요?"

"힘든 점보다 디자이너와 기업가 간에 상의가 따로 필요 없으니 저에게는 편하고 좋죠."

"정말 그렇겠군요. 기업가와 디자이너는 보통 상대방의 분야를 몰라서 마찰이 일어나는데 두 가지 다 알고 계셔서 정말 좋으시겠네요. 그럼 마지막으로, 디자이너의 꿈을 꾸는 친구들에게 한마디 부탁드릴게요."

"여러분! 디자이너가 되는 게 힘들고 어렵더라도 여러분의 의지로써 다 이겨낼 수 있습니다. 여러분의 미래를 상상해 보세요. 여러분이라면 상상했던 그 모습을 현실로 바꿀 수 있을 것입니다."

"인터뷰에 참여해 주셔서 감사합니다."

모르는 길

_1학년 박주호

긴장감에 얼굴에 땀이 난다. 이마에서부터 코, 입술, 턱으로 땀이 흐른다. 땀방울이 떨어짐과 동시에 게임도 시작되었다.

2년 전 나는 공부를 잘하지 못하는 그냥 평범한 중학생이었다. 중학교 3년 생활이 다 끝나갈 무렵 인문계를 갈 것인가 공고를 갈 것인가의 나의 첫 번째 갈림길에서 ○○전자공고를 택했다. 내가 공부에 영 소질이 없다는 것을 부모님도 아셨다. 그래서 늘 나에게 '그냥 고등학교 졸업하고 바로 취직해라.'라고 말씀하시곤 했다. 그래서 내가 ○○전자공고에 가는 것에 대하여 아무 말씀도 안 하시고 알았다고 하셨다. 시간은 물 흐르듯이 특별한 것 없이 흘러 고등학교 입학식 날이 되었다. 나는 평소 눈에 띄기를 좋아하는 편이 아니어서 교문을 들어서기 전 '그냥 평범히 3년이 흘러갔으면…….' 이라고 생각했다. 그런 나의 바람대로 며칠간은 정말 고즈넉한 하루의 연속이었다. 하지만 그러한 일상도 그날로 인해 꼬이기 시작했다.

며칠 동안 여러 가지 기초지식을 배우고는 그날부터 실기 수업을 시작했다. 선생님이 조심해야 할 사항 등을 말씀해 주시고 각자 자유롭게 작품 아이디어를 내라고 하셨다. 모두 각자 열심히 자신의 뇌를 굴렸다. 세 번째 실기 수업 때 선생님은 아이들의 아이디어를 하나하나씩 보시고 교탁으로 돌아가셨다. 그러고 나서 도우미 학생 한 명이 필요한데 자진할 사람 없냐고 물으셨다. 다들 짠 듯이 아무도 자진할 생각을 하지 않았다. 그래서 선생님께서 '그러면 선생님이 아무나 뽑을 테니 불만 없기다?' 라고 하시고 잠시 고민을 하시다 손가락으로 내가 있는 쪽을 가리키셨다. 나는 '설마 나는 아니겠지?' 라는 생각에 내 뒤를 쳐다보았는데 선생님이

"거기 너. 뒤 돌아보고 있는 애. 넌데 누굴 보냐?"

라고 하셨다. 정말 싫었고 표정도 그러했지만 선생님이

"왜, 싫냐?"

하고 물으시니 그냥 아니라고 말했다. 애들이 교실을 나가면서 정말 불쌍하다는 눈빛으로 '수고해라' 만 연발하고 갔다. 난 그 학교에서 별로 친구가 없어서 아이들이 왜 그렇게까지 나를 불쌍하게 생각하는지 묻고 싶었지만 물을 수 없었다. 어쩔 수 없이 점심시간을 이용해 그나마 같은 중학교에서 올라온 연우에게 물었다.

"나도 선배들 통해서 들은 건데 그 정진호라는 선생님, 도우미 학생들 호출을 정말 많이 한다는데?"

'그게 그렇게 힘든 건가?' 생각하고 있는데 연우가 말을 이어갔다.

"그런데 그 호출…… 정말 엄청 많이 한다는데 들은 바에 의하면 쉬는 시간, 점심시간, 석식시간, 방과후 시간 등등 시간 날 때마다 부른다고 하던데……."

그 말은 나의 평범한 학교생활이 조금씩 깨어지는 듯한 소리로 들렸다.

그 후 전해들은 것만큼은 아니었지만 정말 정진호 선생님의 연구실로 호출되어 가는 일이 잦았다. 그 뒤로 한두 달이 지났을 무렵 동아리를 선택하라고 안내방송이 흘러나왔다. 난 동아리 같은 건 귀찮아서 안 들어갈 생각이었다. 그러나 우리 학교는 동아리 선택이 의무라는 걸 신청 마지막 날 알게 되어서 어쩔 수 없이 남은 동아리 중에서 하나를 선택할 수밖에 없었다. 남은 동아리 목록을 보니 로봇동아리 딱 하나가 남아 있었다.

'로봇동아리면 인기가 많을 텐데 왜 이게 남았지?'

생각하면서 옆에 적힌 담당선생님을 보았는데 이름이…… 이럴 수가. 정진호 선생님이었다. 다른 동아리에 가고 싶어 선생님께 부탁해 보았지만 정진호 선생님이 알 수 없는 미소를 지으시며

"꼭 들어와."

라고 말씀하셨다. 동아리 시간에도 정진호 선생님을 봐야 한다는 생각에 한숨과 허탈한 웃음만 나올 뿐이었다.

일주일 후 첫 동아리 시간이 되었다. 동아리 반에 가보니 2, 3학년 선배 3명, 그리고 1학년 한 명이 있었는데 연우였다. 그래도 아는 사람이 한 명이라도 있어서 다행이라고 생각했다. 정진호 선생님께서 들어오셔서 특유의 웃음을 보이며,

"안녕? 난 로봇동아리 KRC의 담당 선생님이다. 뭐 모두 잘 알테니 내 소개는 여기까지 하고 올해 우리 동아리 목표를 말하겠다. 작년엔 부원이 3명밖에 안 돼서 나가지 못한 국제 로봇 올림피아드 대회 국가대표 선발전에 나가서 국가대표가 되는 게 올해 우리 목표다"

이 말을 듣는 순간 진짜 허망한 꿈을 꾸고 계시다는 생각을 했다. 생각해 보라. 학교 내에서 가장 인기도 없고 부원도 고작 5명, 거기에 2명은 이제 갓 들어온 1학년인 나와 연우인데 그게 가능하단 말인가. 선생님은 말을 끝낸 뒤 오늘 1학년들이 왔으니 2, 3학년이랑 1학년이랑 이야기를 나누어 보라고 하시고는 나가셨다. 유일한 3학년 선배인 병진 선배가 먼저 말을 걸어왔다.

"안녕? 반갑다. 앞으로 보면 인사하고 편하게 병진형이라고 불러라."

"네."

우린 허리를 굽히고 인사했다. 그러고 나서 2학년 선배들인 병호 선배, 상진 선배와도 이야기를 나누었다. 나중에 알게 된 내용이지만 병호 선배와 병진 선배는 형제 사이였다. 다음날 정진호 선생님이 로봇동아리 멤버들을 모두 불러 말씀하셨다.

"앞으로 방과후 우리 동아리는 매일 남아서 로봇 제작을 할 거니까 로봇제

작실로 오도록!"

아마 그 대회 때문인가 보다. 그런데 나는 문득 왜 선생님에게 그런 자신감이 있는지 궁금해졌다. 연우에게 아는 게 없냐고 물었는데,

"사실 우리 동아리 선배들 정말 우리학교에서 내로라하는 수재들이거든. 나도 그것 때문에 이 동아리 들어온 거고."

라고 했다.

그 말을 들으니 선생님의 자신감을 조금은 이해하게 되었다. 그리고 내가 동아리에 피해를 주게 될까 봐 걱정이 되었다. 연우는 원래 기계를 잘 다루지만 난 기계치였기 때문이다. 그 걱정이 현실이 되었다. 나는 방과후 때마다 매일 실수를 하나씩은 했다. 점점 나 때문에 우리 팀이 떨어질 것 같다는 생각이 들었고 그 생각이 점점 심화되자 이젠 정말 안 되겠다는 생각에 선생님을 찾아갔다.

"저는 이 대회 못 나가겠어요. 제가 기계를 너무 못 다루는 데다가 어차피 대회도 한 팀당 4-5명이니 전 빠져도 상관 없잖아요."

선생님은 아무 말도 않으시고 단지

"니가 할 수 있는 것을 생각해봐."

한마디만 하시고는 나를 돌려 보내셨다. 고민을 하며 학교 운동장에 서 있는데 상진 선배가 와서 고민 있냐고 물어서 선생님과 나눈 대화를 들려줬다. 선배는,

"앞으로 매일 연습한 뒤 기계 다루는 법 따로 배울래?"

하였다. 난 그러면 좋지만 안 피곤하시겠냐고 했더니 선배는 괜찮다고 했다. 그날부터 나는 수업 후 남아 상진 선배의 가르침을 받았다. 그러면서 점점 실력도 늘어가고 자신감도 생겼다. 그러던 어느 날 상진 선배가,

"저번에 선생님께서 네게 하신 말씀 있잖아. 혹시 니 아이디어를 말씀하신 게 아닐까? 사실 나랑 병호랑 병진형도 니 아이디어 좋다고 생각 많이 했거든."

날 위로해 주기 위한 말이라고 생각이 되면서도 좋았다. 그 후 연습을 몇 달 더 하고 드디어 대회날을 맞이했다. 우리는 아쉽게 은상을 따서 국가대표는 되지 못했다. 그날로 우린 다음 대회를 준비하며 병진 선배를 보내야 했다. 선배의 빈자리를 채우기 위해 더욱 열심히 노력했다.

이제는 2013년. 우리 동아리는 국가대표가 되어 미국 덴버에서 게임을 시작한다.

나비

_2학년 최윤석

화창한 어느 봄날. 따스한 바람이 불어오고 거리의 사람들은 제각기 어디론가 바쁘게 움직인다. 봄비가 스치고 지나간 척척한 땅 위를 정처 없이 걷고 또 걷는다. 하염없이 거닐다 멈춰서 문득 지저귀는 새소리에 고개를 들어 하늘을 본다. 구름 한 점 없이 맑은 하늘, 세상은 어제도 오늘도 변함없이 흘러간다. 현재 시각은 오후 3시. 평소와 같았다면, 지금 나는 변두리의 한 사무실에서 정신없이 서류를 정리하고 있었을 것이다. 단 하루 만에 이렇게 길거리를 떠도는 신세가 될 줄은 생각지도 못했다.

바로 어제였다. 그때만 해도 나는 작은 회사를 다니던 평범한 샐러리맨이었다. 남들과 다를 것 없이 다달이 벌어먹고 어여쁜 아내와 눈에 넣어도 아프지 않을 딸과 함께 사는 평범한 직장인이자 아빠였다. 여느 때와 같이 이른 아침에 일어나 출근 준비를 했고 늦지 않게 회사에 도착했다. 회사 복도는 평소와 달리 사람들이 가득 차 있었다. 바글바글 모여 있는 사람들의 시선은 게시판의 한 지점에 머물러 있었다. 궁금함에 수많은 사람들 속을 파헤쳐 게시판 앞으로 갔다. 텅 빈 게시판에는 하얀 종이가 한 장 붙어 있었다. '정리해고' 네 글자가 눈에 띄었다. 갑자기 맥박이 빨라지고 이마에 식은땀이 났다. 흔들리는 동공이 종이를 빠르게 훑어 내려갔다. 떨리던 동공이 종이의 끝자락에서 멈췄다. '박민우.' 내 이름이 떡 하니 쓰여 있었다. 식은땀이 등줄기를 타고 흘러내렸다. 뻣뻣하게 굳어 있던 중 어디선가 내 이름을 부르는 것 같은 소리가 들려왔다.

"민우씨, 괜찮으세요?"

평소에 곧잘 지내던 직장동료였다. 그녀가 조심스레 말을 걸어왔다.

"어찌된 일인지 도무지 영문을 알 수가 없네요."

그녀는 내 눈치를 살피며 조심스레 말을 꺼냈다.

"아, 그러게 말입니다."

너무도 당황한 탓에 머릿속은 하얘졌고 그녀의 목소리는 귓가를 맴돌 뿐 자세히 들리지 않았다.

"뭐라고 말씀을 드려야 할지……. 유감이네요."

그녀는 시선을 마주보지 못하고 조금은 떨리는 목소리로 얘기했다.

"아, 저는 괜찮습니다."

그렇게 황급히 대답을 하고는 정신없이 그 자리를 벗어났다. 머리가 지끈거리기 시작했다. 앞으로 무엇을 해야 할까. 머릿속에서 생각나는 것이 없다. 오로지 떠오르는 것은 내가 실업자가 되었다는 것 하나뿐이었다. '앞으로 무엇을 하고 살아야 할까.' 생각해 본 것이 없다. 벤치에 앉아 멍하니 맑은 하늘을 바라보며 생각에 잠긴다. 막연하게 학생 때나 꾸었던 꿈. 대학교를 다닐 때만 해도 되고 싶은 것은 많았다. 하지만 군대를 다녀오고 여자를 만나고 결혼을 하고, 어느새 나는 내 여자와 아이들을 위해 돈을 버는 기계가 되어 있었다. 물론 처음엔 행복했다. 내가 나 아닌 다른 사람을 책임지고 이끌어 간다는 것이 무척이나 뿌듯했고 그런 모습을 좋아해 주는 여자가 참 고마웠다. 하지만 시간이 지날수록 점점 지쳐갔고 나의 입지가 조금씩 사라지는 듯했다. 오히려 더 외롭게 느껴졌고 너무 힘들었다.

내가 바라던 것은 이런 평범한 회사원의 삶이 아니었는데……. 어쩌다 이렇게까지 된 것일까. 한때는 나도 꿈이 많은 사람이었다. 어린 아이들처럼 대통령도 되고 싶었고, 의사나 작가, 그리고 기자도 되고 싶었다. 무엇을 위해 내가 이렇게 살아 온 것일까. 과거를 회상하니 한순간 허무해졌다. 여태껏 나는 내 자신이 어디에서도 밀리지 않고 가진 것도 많은 사람인 줄 알았는데……. 겨우 회사 하나 해고된 순간, 나는 모든 것을 잃은 기분이었다. 생각이 났다. 무엇인가 대단한 것이 되고 싶어 막연히 공부하고 또 공부했던 중·고등학교 시절과 해방감을 느끼며 드디어 세상에 발을 내딛는다고 기뻐했던 대학교 시절들. 어릴 적에는 한 마리의 무지개빛 나비가 마음속에서 너울거리고 있었다. 실패를 겪어도 또 일어나고 다시 도전했고, 그때마다 그 나비는 점점 자라났다. 내가 힘들 때 아름다운 날개를 뽐내며 희망과 용기를 주고 다시금 꿈을 일깨워주었다. 어쩌다 이렇게 돼 버렸을까. 아름답던 나비는 그 자태를 감추고 어디론가 사라져버린 것 같았다.

내가 지금 하고 싶은 것은 무엇이며 앞으로 무엇을 하고 살아야 하는지 생각했다. 그러다 문득 머릿속을 스치고 지나가는 생각이 있었다.

'꿈이란 무엇일까. 이미 늦어버린 나에게도 아름답던 그 나비는 있을까?'

벤치에 앉아 올려다 본 하늘은 여전히 맑았다.

지금의 나에게 가장 소중한 존재는 누구일까? 친구? 가족? 아니다. 그것은 바로 나 자신이다. 모든 일들은 나의 생각을 중심으로 이루어지고 진행된다. 주위를 둘러보면 나보다 잘난 사람도 있고 나보다 못난 사람도 있다.

지금 우리가 서있는 이 땅에는 착한 사람, 나쁜 사람, 잘난 사람, 못난 사람 등이 있는데 당신은 꼭 이러한 사람이 되려고 노력하지 않아도 된다. 지금 당신이 가진 이름 석 자, 그 자체로 이미 당신은 세상에서 가장 빛이 나는 아름다운 사람이고 세상의 어느 누구도 당신보다 빛날 수는 없을 것이다. 하루에 한 번도 거울을 보고 자신과 대화해보자.

"너는 아름답다."

제3부

나의 길을 노래하다

※ 3부는 학생들이 좋아하는 노래를 에세이 형식의 글로 풀어낸 것입니다.

포기하지 않는다면 우리도 할 수 있습니다!

_2학년 백민기

쇼스타코비치 교향곡 7번 레닌그라드 4악장

–배경–

히틀러의 독일군은 정치 전략 및 경제상 중요한 소련 제 2의 도시 레닌그라드를 완전히 포위하여 보급로를 차단, 공략한다는 작전을 세웠다. 1914년 9월 중순까지 육상교통이 차단되고, 11월 상순에는 인접한 라도가호(湖)의 해상교통도 차단되어 완전히 포위되었다. 약 900일의 지구전의 결과, 마침내 1944년 1월에 소련군이 해방하였다.

모든 사람들은 시련을 겪으면 이를 극복할 줄 알아야 한다. 가끔 지하철역이나 큰 시장에 가보면 동냥하고 있는 거지들의 모습을 볼 수 있다. 어떤 분은 다리가 두 쪽 모두 잘려 수레를 손으로 끌며 엎드려 동냥하시는 분도 있고, 어떤 분은 지적능력이 모자라 이상한 행동을 하며 동냥하시는 분도 있다. 하지만 반대로 사지나 정신도 멀쩡한데 당당히 동냥하는 경우가 있다. 누가 몇 푼 받기위해 자존심 버리고 동냥하겠느냐하고 반박하겠지만 이는 큰 착각이다. 실제로 KBS 프로그램 생생 정보통에서 '앵벌이에 관한 불편한 진실' 이라는 모티프로 담당피디가 직접 1시간 동안 앵벌이체험을 한 적이 있다. 예상외로 온정은 쏟아졌고 담당피디는 앵벌이로 1시간 만에 22,960원을 벌었다. 편의점알바 평균시급(4500원)에 비하면 터무니없이 많은 액수이다. 때문에 많은 백수 혹은 실업자들이 힘든 알바 대신 쉽고 많이 버는 앵벌이를 택한다. 이들을 심층적으로 조사해 보면 사회부적응, 우울증 등 몸은 멀쩡하지만 심리적으로 불안정하여 늘 초조하고 불안해 하며 결국 낙담해 거지가 되는 경우가 태반이다. 그들에게 필요한 건 극복의지다. 하지만 그들은 스스로를 가장 불행하다고 생각하여 극복할 생각을 전혀 안하고 있다. 난 그들에게 조금이나마 희망을 주고 싶다.

(1) 소아마비를 가지고 세계최고의 축구선수가 된 가린샤

가린샤는 1933년, 리우 데 자네이루 인근의 포 그란데라는 도시의 빈민가에서 태어났다. 그는 어렸을 때 소아마비를 가지고 있었고 때문에 그의 다리는 정상인들과는 다른 형태를 띠게 되었다. 오른쪽 다리는 안으로 굽고 왼쪽 다리는 오른쪽 다리에 비해 6cm나 짧으며 바깥으로 휜 것이다. 어찌나 심각한지 가린샤를 치료한 의사가 보조 장치 없인 걸을 수 없을 것이라고 말했을 정도이다. 그러나 가린샤는 좌절하지 않고 자신이 가진 신체적 약점을 장점으로 잘 승화시켰고 오히려 자신이 아니면 할 수 없는 새로운 스타일의 축구를 창조했다. 가린샤가 순 자기 생각대로 경기를 하다 보니 상대가 그를 예측하기란 정상인보다 몇 배나 힘들었다. 거의 상대 모든 선수들을 농락하는 수준이었고 이를 계기로 가린샤는 승승장구하게 되고 '펠레', '지코', 그리고 '가린샤' 라는, 브라질의 3대 선수로 기억되는 영광을 얻게 된다.

(2) 두 개의 손가락으로 세계에서 가장 훌륭한 과학자가 된 스티븐 호킹

호킹은 1942년 옥스퍼드에서 출생하였고 1962년 옥스퍼드대학을 졸업하고 케임브리지대학 대학원에서 물리학을 전공하였다. 스티븐 호킹은 온 몸이 점점 굳어가 몸속의 운동신경이 차례로 파괴되어 전신이 뒤틀리는 퇴행성 신경 근육 질환인 '근위축성 측색 경화증'에 걸렸다는 진단과 함께 1~2년밖에 살지 못한다는 시한부 인생을 선고받았다. 겨우 22세 때 말이다. 걸음을 걷기 힘들어지고 스스로 넥타이나 구두 끈조차 맬 수 없을 정도로 손발이 굳어져 갔다. 스티븐 호킹의 병은 나날이 심해졌는데 그럴 때마다 호킹은 포기하지 않았다. 그는 생각만 자유롭게 할 수 있으면 연구는 얼마든지 할 수 있다고 마음을 강하게 먹었다. 그러고는 우주물리학에 몰두하여 '블랙홀은 검은 것이 아니라 빛보다 빠른 속도의 입자를 방출하며 뜨거운 물체처럼 빛을 발한다'는 학술을 내놓아 종래의 학설을 뒤집었고 영국왕립학회 회원, 케임브리지대학 제 3대 루카시언 석좌교수가 되는 명예도 얻었다. 뿐만 아니라 '특이점 정리', '양자우주론', '블랙홀 증발' 등 현대물리학에 3개의 혁명적 이론을 제시하였고 세계물리학계는 물리학의 계보를 갈릴레오, 뉴턴, 아인슈타인 다음으로 그를 뽑게 되었다.

(3) 팔다리가 없는 행복전도사 닉부이치치

현재 희망전도사로 활동하고 있는 닉부이치치는 태어날 때부터 팔과 다리가 없었다. 의학적으로도 설명하기 어려울 정도였고 부모님은 큰 충격에 빠졌다. 누구보다도 고통스러운 건 Nick 자신이었다. 그는 어린 시절부터 많은 갈등과 고통을 겪었고 거의 포기한 인생을 살았다. 그러던 중 호주 역사상 처음으로 불구의 몸을 가지고 공립학교에 입학하게 된다. 그러나 학교생활 역시 순탄치 않았다. 다른 학생들에게 잦은 따돌림과 학대를 받고 결국 자살이라는 끔찍한 생각을 하게 된다. 실제로 그는 10살이 되던 해 욕조에서 자살을 시도하기도 했다. 단지 부모님의 인생에 짐이 되고 싶지 않다는 이유였다. 하지만 그는 부모님의 격려를 듣고 대학에 진학하여 회계와 경영을 전공한다. 누구보다 열심히 노력한 그는 팔다리가 없지만 스스로 일어나기도 하고 친구들과 서핑도 하며 축구, 골프도 할 수 있게 된다. 대학졸업 후 그는 세상 사람들에게 희망을 주는 연설을 하기 위해 여행을 시작하게 된다.

현재는 세계적인 강연자로 활동하며 사람들에게 희망을 전파하고 다닌다. 그는 말한다.

"내가 할 수 있으면 당신도 할 수 있습니다!"

세상에서 가장 불행한 사람은 없다. 있다면 아마 빛도 못보고 낙태된 아기가 아닐까 싶다. 누구나 어려움은 겪게 되어 있다. 그러나 어떤 마음을 먹느냐가 중요하다. 좌절한다면 앞으로도 순탄치 못한 오르막길만 오를 것이고, 극복한다면 산들바람 맞으며 내리막길을 걸을 것이다. 당신도 가린샤, 스티븐호킹, 닉부이치치처럼 좌절을 딛고 힘껏 일어설 수 있기를 기도한다.

거목(巨木)

_1학년 백규빈

Psy(싸이), '아버지'

1 우리 아빠

나는 아버지를 부를 때 '우리 아버지' 라기보다는 '우리 아빠' 라고 하는 것을 좋아한다. 그것은 내가 존댓말을 안 써서라기 보단 아빠와의 거리감을 좁히기 위해서이다.

어릴 적 우리 형제와 아빠는 주말마다 신천에 가서 공놀이도 하고 자전거도 타고 자리를 깔고 앉아 쉬다가 저녁이 되면 아빠가 태워주는 목마를 타고 집에 오곤 했다.

초등학교 3학년 때까지만 해도 우리 아빠는 참 커보였다. 사실 우리 아빠는 160cm대의 작은 체격이다. 그래도 어린 눈에는 아빠가 최고라고 생각했었다. 하지만 이런 마음도 틀어진 적이 있었다.

어느 날 아빠가 밤늦게 학원 보강을 마친 나를 마중 나왔고 나는 그때 아빠의 모습이 너무 작고 초라해보여 부끄러웠다. 그래서 아빠에게 일부러 골목길로 돌아가자고 했다. 지금 생각하면 진짜 내 기억에서 지우고픈 일이고 아빠에게는 너무 죄송한 일이다. 그런 일이 있고 다시는 안 그래야겠다고 다짐했지만 솔직히 몇 번 더 그랬던 것 같다.

하지만 이제 나는 내 친구들에게 우리 아빠를 자랑하고 싶다. 힘든 몸을 지니시고도 아들의 마음을 이해해 주시려는 우리 아빠를 말이다.

2 아빠의 삶

우리 아빠는 공장에서 일을 하신다. 지금은 그 직업에 대해 부정적인 생각이 없지만 어릴 적에는 아빠와 항상 놀던 사이임에도 불구하고 아빠의 직업은 부끄러워했었다.

중학교 때 부모님 직업 조사를 하는데 다른 친구들의 부모님의 직업 중에는 선생님도 있고 은행원, 기업회사원 같은 좋은 직업도 있었는데 나는 선뜻 "아빠 공장일 하시는데요." 라고 말하기 부끄러웠다. 그러면서 아빠에 대한 미안함과 부끄러움으로 아빠를 약간 피하기도 했었다.

그때 나는 공장일이라는 것을 조금 좋지 않은 시선으로 보았다. 아빠가 용접하고 눈이 붉어져 올 때 나는 게임을 하다 눈이 붉어졌다. 아빠가 일을 하다 장비에 몸이 찍혀 멍이 들 때 나는 친구들과 장난치다 멍이 들었다고 엄살이었다. 아빠가 한여름에 뜨거운 햇볕 아래 땀 흘려 일하실 때 나는 에어컨이나 틀고 시원한 데서 아빠의 직업을 불평이나 하고 있었다.

하지만 요즘은 달리 생각한다. 우리를 위해 열심히 일하는 아빠의 직업에는 귀천이 없다고……. 우리 아빠 같은 분들이 이런 일을 하기 때문에 중소기업과 건물들이 돌아갈 수 있는 것이다.

요즘 거의 모든 사람들이 대학을 나오고 좋은 직장만 찾으려 한다. 왜? 그렇지 않으면 돈을 많이 못 버니까, 또 힘든 일을 버텨낼 만큼의 인내심도 부족하니까…….

하지만 우리 아빠는 달랐다. 내가 본 아빠는 절대 이런 일을 불평하지 않았다.

힘드셔도 우리 앞에서 힘들다는 말 한마디 하지 않으셨던 아빠를 부끄러워했던 일을 지울 수는 없겠지만, 앞으로는 이런 생각을 했던 나 자신과 여러 친구들에게 이야기하고 싶다. 이 세상 모든 부모님들은 우리를 위해 열심히 일하신다고…….

3 아빠에게 쓰는 편지

아빠, 아빠에 대해 한때 제가 부끄러운 생각을 했어요. 며칠 전 교내 백일장대회에서 상을 받았다고 엄마랑 형 몰래 용돈도 주시고 여름방학 때는 방학에도 학교 가냐면서 저를 데리고 계곡도 가서 맛있는 것도 먹여주셨죠. 이렇게 저를 아껴주시는 마음도 모르고…….

요즘 저도 고등학생이 되고 할 일이 많아지다 보니 피곤하면 앞뒤 생각 안 하고 짜증부터 내는데 죄송해요. 아빠가 재밌어 하는 것을 찾아보려고 게임도 제가 추천했었는데 별로 재미있어 하시지는 않으시더라고요. 그래서 아빠에게 즐거운 것이 뭐가 있을까 고민하던 중에 아빠가 아기와 놀 때 즐거워하는 모습을 봤어요.

제가 아빠와 그렇게 놀 수는 없지만 나이가 들면서 같이 할 수 있는 것도 있을 거예요. 이제 그런 것들도 하면서 원래도 가까운 부자사이긴 하지만 더욱 더 우리 사이를 가까이 좁혀 가도록해요. 우리는 돈이 많은 부자는 아니지만 마음을 나눌 수 있는 부자지간이잖아요. 부자들은 할 수 없는 부자지간만의 새로운 여행도 가끔 떠나 봐요.

아버지_싸이

YO~ 너무 앞만 보며 살아오셨네 어느새 자식들 머리 커서 말도 안 듣네
한평생 처자식 밥그릇에 청춘 걸고 새끼들 사진보며 한 푼이라도 더 벌고
눈물 먹고 목숨 걸고 힘들어도 털고 일어나 이러다 쓰러지면 어쩌나
아빠는 슈퍼맨이야 얘들아 걱정 마
위에서 짓눌러도 티낼 수도 없고 아래에서 치고 올라와도 피할 수 없네
무섭네 세상 도망가고 싶네 젠장 그래도 참고 있네
맨날 아무것도 모른 채 내 품에서 뒹굴거리는 새끼들의 장난 때문에
나는 산다 힘들어도 간다 여보 얘들아 아빠 출근한다
아버지 이제야 깨달아요
어찌 그렇게 사셨나요 더 이상 쓸쓸해 하지 마요 이제 나와 같이 가요
어느새 학생이 된 아이들에게 아빠는 바라는 거 딱 하나
정직하고 건강한 착한 아이 바른 아이 다른 아빠보단 잘 할 테니
학교 외에 학원 과외 다른 아빠들과의 경쟁에서 이기고자 무엇이든지 다 해줘야 해
고로 많이 벌어야 해 너네 아빠한테 잘해
아이들은 친구들을 사귀고 많은 얘기 나누고 보고 듣고
더 많은 것을 해주는 남의 아빠와 비교 더 좋은 것을 사주는 남의 아빠와 나를 비교
갈수록 싸가지 없어지는 아이들과 바가지만 긁는 안사람의 등살에 외로워도 간다
여보 얘들아 (얘들아) 아빠 출근한다 아버지 이제야 깨달아요 어찌 그렇게 사셨나요
더 이상 쓸쓸해 하지 마요 이제 나와 같이 가요
여보 어느새 세월이 많이 흘렀소 첫째는 사회로 둘째 놈은 대학로
이젠 온가족이 함께 하고 싶지만 아버지기 때문에 얘기하기 어렵구만
세월의 무상에 눈물이 고이고 아이들은 바뻐 보이고 아이고 산책이나 가야겠소
여보 함께 가주시오 아버지 이제야 깨달아요 어찌 그렇게 사셨나요
더 이상 쓸쓸해 하지 마요 이제 나와 같이 가요 오오~
당신을 따라갈래요

너는 아름답다

_2학년 남중일

이은미, '너는 아름답다'

지금의 나에게 가장 소중한 존재는 누구일까? 친구? 가족? 아니다. 그것은 바로 나 자신이다. 모든 일들은 나의 생각을 중심으로 이루어지고 진행된다. 주위를 둘러보면 나보다 잘난 사람도 있고 나보다 못난 사람도 있다. 누군가가 어떤 한 분야에서 잘하면 또 다른 사람은 또 다른 분야에서 우월한 면이 있다. 그런 사람들을 보면 내가 한없이 초라해 보이고 쓸모없어 보일 때가 있다. 그럴수록 나를 더 아끼는 마음을 가지도록 해야 한다.

다른 사람이 나보다 우월하다고 해서 시기하면서 사는 것은 옳지 않다고 생각한다. 이익, 명예를 위해 남을 모방하고 해쳐 다른 사람의 것을 빼앗아온다면 자신은 행복할까? 다른 사람의 능력을 탓하지 말고 자신을 한 번 더 둘러보자. 남들보다 잘하고 뛰어난 부분이 꼭 있을 것이다. 꼭꼭 숨어 있어서 찾기 힘들지도 모르겠지만 틀림없이 있을 것이다. 끊임없는 자기계발로 그 분야를 열심히 발달시키자. 자신의 아름다움을 남들과 같은 모습으로 만들어 내는 것이 아니고 당신만의 아름다움을 찾아내는 것이다. 이러한 노력을 하는 당신은 분명 아름답다.

당신은 세상에서 가장 사랑받는 존재이다. 당신은 한 부모의 아들, 딸이다. 누구보다 사랑받는 행복한 존재이다. '자살'이라는 말은 어느새 쉽게 오르

내리는 말이 되어버렸다. 과연 자신만 이 세상에서 없어지면 모든 것이 편해질 것인가? 예를 들어 물이 없다면 어떻게 될까? 당연히 물을 마시는 생물들은 모두 죽을 것이다. 당신은 당신의 세계에서 물과 같은 존재이다. 당신이 있음으로써 주변인들이 웃으며 살아갈 수 있는 것이다. 당신을 아끼고 사랑하는 사람이 눈에 보이지 않더라도 어딘가에는 존재한다는 것을 잊지 말고 힘들고 아픈 시간들을 잘 견뎌내도록 자신을 조금 더 돌보고 사랑하라.

꼭 어떠한 사람이 되려고 노력하지 않아도 된다. 당신의 이름 석 자, 그 자체로 이미 당신은 세상에서 가장 빛이 나는 아름다운 사람이며 세상의 어느 누구도 당신보다 빛날 수는 없을 것이다. 하루에 한 번만이라도 거울을 보고 자신과 대화해 보자.

"너는 아름답다."

너는 아름답다_이은미

그래 지금에야 알겠다.
손가락을 접듯이
하나씩 쌓아 마음 속에 묻으면
아무는 게 상처구나

그래 이제서야 알겠다
한 번쯤은 몹시 흔들려
어떻게 다시 너를 찾을지
모를 때도 있겠구나

쉽지 않던 하루가 수많은 오늘이 후회더냐
그럼 조금 기다려 봐 다시 뜨거운 가슴이 될 때까지

그 누구도 너보다 빛날 수는 없단다.
지금 너의 모습이 너여서 아름답다

지금의 이 미련이 아픈 시간이 붙잡더냐
그럼 조금 기다려 봐 다시
뜨거운 가슴이 될 때까지

그 누구도 너처럼 빛날 수는 없단다 oh~
지금 너의 그 모습들은 너여서 아름답다
나여서… 아름답다

쓸모없는 것은 없다

_1학년 김찬섭

HAYASHI YUUKI, 'CONSIDERATION'

살다가 어느 날 갑자기 내가 하는 모든 게 가식적이라는 생각을 해본 적이 있는가?

나는 학교에서 선생님과 대화를 할 때 항상 웃으면서 이야기하고 선생님의 말씀은 무조건 수긍하는 학생이었다. 또한 친구들과의 대화에서도 별로 중요하지 않은 이야기도 계속 웃으면서 들어 주었다. 그리고 주변 사람들을 의식해 옷 입는 것에 신경 쓰기도 했다. 그렇게 살아가던 어느 순간, 나는 내가 너무 가식적으로 산다는 생각이 들기 시작했다.

그래서 한동안 가식 없이 살아보기로 결심했다.

이웃을 엘리베이터에서 보고 가식적으로 웃지 않으며, 무뚝뚝하게 인사하고 남을 개의치 않고 행동하기도 했다. 친구들과는 게임 등 불필요한 이야기는 하지 않고 정말로 필요한 이야기만 하였다.

그런데 이렇게 행동하다보니 내가 점점 어두워지고 말이 없어지는 것을 발견하게 되었다. 혼자 있는 것을 좋아하게 되다가 결국에는 우울증이 걸릴 것만 같았다.

그래서 결국 나는 다시 '가식적인 나'로 돌아가기로 결심하게 되었다. 이 경험을 통해 나는 많은 깨달음을 얻었다.

말과 행동을 내가 하고 싶은 대로만 하지 않고 조심스럽게 행동하는 것이 가식이 아니라 상대를 위한 배려라는 것을 깨닫게 된 것이다. 내가 상대방을 배려하면 상대방도 나를 배려하게 된다. 그것이 우리가 사는 세상이라는 것을 이번 기회를 통해 깨닫게 되었다.

내가 깨달은 또 한 가지는 이러한 배려들이 자기 자신을 위한 행동이기도 하다는 것이다. 내가 친구들과 웃으며 이야기하는 동안 내 성격도 점점 밝아졌다. 의미 없다고 생각되는 이야기를 친구들과 나누는 것도 내 삶을 충전하는 하나의 방법이었던 것이다.

'세상에 쓸모없는 것은 없다.' 라는 말이 있듯이 우리가 하는 모든 행동에도 어떤 이유가 있다. 한번쯤은 우리가 쓸모없게 생각하는 것들에 대해 다시 한 번 생각해 보는 것은 어떨까.

후회는 없다

_2학년 이동광

Bruno mars, 'grenade'

bruno mars의 'grenade'라는 곡이 있다. 이 노래는 bruno mars답지 않게 조금은 어두운 노래다. 제목도 '수류탄'이라는 뜻이고, 가사도 사랑하는 여인에게 배신당한 내용들로 이루어져 있다. 비록 나는 연인관계까지 발전하지는 못했지만 상당한 부분이 노래의 가사와 동일하기 때문에 이 노래를 들을 때마다 그 애가 생각난다.

고등학교 입학하고 그 애를 처음 보았다. 실제로 본 것은 아니고 친구의 스마트폰으로 보았다. 친구의 SNS를 통해 그 애를 보자 정말 거짓말 하나 없이 정신이 멍해지는 것을 느꼈다. 다른 아이들을 볼 때와는 다른 느낌이었다. 만나고 싶다는 생각이 간절하게 들었다. 그래서 휴대폰도 바꾸고 독서실도 그 애가 다니는 곳으로 바꾸었다. 매일매일 그 애가 보고 싶어서 학교를 갈 때도 그 애가 다니는 학교 앞을 지나쳤고 등교하는 시간도 조정했다. 멀리서 그 애가 보이기 시작하면 가슴이 두근거렸고 어떻게 인사할지 고민하고 또 고민했다. 하지만 이렇게 힘들게 노력해도 만나는 시간은 2초도 채 되지 않았다. 그래도 그 짧은 시간은 나에게는 큰 힘이 되었고 그 애를 만난 날은 학교에서 하루 종일 힘이 넘쳤다.

i' d catch a grenade for ya
널 위해 수류탄도 막을 수 있어

throw my hand on a blade for ya
칼날 앞에 내 손도 바칠 수 있어

i' d jump in front of a train for ya
기차 앞에라도 뛰어들 수 있어

you know i' d do anything for ya
뭐든 할 수 있단 거 알잖아

I would go through all this pain,
어떤 아픔도 견뎌낼 거야

take a bullet straight through my brain,
총알이 내 머리를 뚫고 지나가더라도

yes, I would die for ya baby
그래, 널 위해 죽을 수도 있어

난 그 애를 위해 죽을 각오가 되어 있다고 스스로 생각했다. 이런 생각을 한 건 처음이라 기분이 상당히 묘했다.

그 애와 많이 친해졌을 무렵, 나는 충격적인 사실을 그 애로부터 직접 들었다. 바로 내 친구 A를 좋아하고 있다는 것이었다. 아무나 붙잡고 왜 일이 이딴 식으로 돌아가는지 물어보고 싶었다. 게다가 그 애는 나에게 도와달라고 부탁까지 했다. 이 아이는 내 속을 모르는지 아니면 알면서도 모르는 척하는 건지 궁금했다. 그래도 도와주는 것이 최선이라고 생각했던 나는 나만 믿으라고 큰소리를 쳤다. 비참한 심정을 안고 학교로 향했다. 예전에 다니던, 그 애와 마주치지 않는 길로 갔다. 보기 싫었다. 그 애가 너무 야속했다. 매일 밤 그 애는 나에게 고민을 상담했고 나는 아무렇지 않은 척하며 다 들어줬다. 그러던 어느 날 내 오랜 친구 B를 다시 만나게 되었다. 그 친구와는 초등학교를 졸업한 후 처음 만나는 터라 밤늦게까지 함께 있었다. 여러 가지 이야기를 나누다가 서로 좋아하는 사람에 대한 이야기가 나왔다. 나는 믿을 수 있는 친구니깐 마음 놓고 그 애를 좋아한다고 말했다. 내 친구는 웃으면서 도와주겠다고 말했고 나는 그런 친구를 보며 든든한 느낌을 받았다.

그 애를 좋아한 지 1년째 되던 날, 나는 용기를 내어 고백을 했다. 많이 당황한 게 눈에 보였지만 나는 받아줄 것이라 믿고 있었다. 그 애도 친구에서 연인으로 발전하는 것을 꿈꿔왔다고 나에게 말한 적이 있었으니……. 하지만 그 애는 아직 마음의 준비가 되어 있지 않은 거 같다고 미안하다고 말했다. 집으로 돌아오는 길에는 가로등마저 꺼져 있었다. 내가 마치 곳곳에 구멍이 나고 얼룩이 묻어 있는, 아무도 찾지 않는 너덜너덜해진 티셔츠같이 느껴졌다. 그래도 포기하지 말자고 스스로 다짐했다.

울적한 마음을 씻어내려고 친구 A와 오락실에 가고 있었다. 친구와 장난을 치며 그곳에 도착했지만 차마 들어가지는 못했다. 입구에 그 애가 서 있었던 것이다. 혼자가 아닌 내 친구 B와 함께. 정말 오랜만에 만나서 비밀을 다 털어놓은 믿음직했던 친구와 손을 잡고 서로를 마주보고 있었다. 깊은 배신감에 주먹을 힘껏 움켜쥐었다. 그러나 이내 주먹에 힘이 빠짐과 동시에 온몸의 힘이 빠져나갔다. 친구 A와 함께 공원 벤치에 앉은 나는 서러움에 말문이 막혔고 친구 A도 옆에서 욕만 하고 있을 뿐 큰 힘이 되어주진 못했다. 사실 둘이서 나를 속이고 만나는 것보다 더 화가 나는 건 그런 모습을 봤음에도 아직 그 애에게 남아 있는 미련이었다.

but darling i' ll still catch a grenade for ya
하지만 내 사랑 그래도 난 널 위해 수류탄을 막을 거야

throw my hand on a blade for ya
널 위해 내 손을 바칠게

i' d jump in front of a train for ya
널 위해 기차 앞에 뛰어들 거야

you know i' d do anything for ya

널 위해 뭐든 할 수 있는 거 알지

I would go through all this pain

어떤 아픔도 견딜 수 있어

take a bullet straight through my brain

총알이 내 뇌를 관통하더라도

yes, I would die for ya baby

그래, 널 위해 죽을 거야

but you won' t do the same

하지만 넌 나처럼 해주지 않겠지

여전히 '그 애를 위해 기꺼이' 라는 생각이 남아 있었다. 그 사실이 더 슬펐다.

고2가 된 지금도 가끔씩 그 애를 떠올리면 설렌다. 비록 실패하고 비참해지고 아프기는 했지만 내가 한 단계 더 성장할 수 있었고 1년 동안 누군가를 사랑해 본 소중한 경험이었기에 후회는 없다.

아버지

_1학년 허성준

Psy, '아버지'

일주일에 두 번, 밤 12시에 내가 자려고 누울 때면 두려운 현관문 소리가 내 잠을 달아나게 만든다. '아, 괴물 왔다…' 괴물은 우리 아버지의 별명이다. 아버지는 장갑공장 사장이다. 아버지는 직업상 술을 많이 마실 수밖에 없다. 보통 사람들은 어떻게 자기 아버지 보고 괴물이라고 부르냐고 이해 못할 게 분명하다. 하지만 나에게도 그렇게 부를 수밖에 없는 이유가 있다. 왜냐하면 아버지는 술만 마시면 괴물로 변해서 가족들에게 큰 피해를 주기 때문이다. 아버지가 자는 척하고 있는 나를 깨운다.

"야 임마, 아버지가 왔는데 인사도 안하냐. 버르장머리 없는 놈."

입에서 나는 역한 술 냄새와 괴물의 큰 목소리가 피곤함에 지친 나를 엄청 짜증나게 만들었다.

"맨날 지겹지도 않나? 빨리 방에 들어가서 자라"

라고 신경질을 냈다. 이 한 번의 말대답 때문에 약 1시간 동안 괴물과 싸움을 해야 했다. 그 다음 목표물은 엄마다. 괴물을 상대하기 귀찮은 우리 엄마는 아예 등을 돌려서 괴물이 말을 걸어도 대답을 하지 않는다. 엄마가 대답을 하지 않으니까 짜증이 난 괴물이 다시 나한테 시비를 걸기 시작했다.

"니는 요즘 공부를 하나, 안하나?"

나는 짜증나는 말투로 말했다.

"공부는 내가 알아서 한다. 그냥 방에 드가서 빨리 자라. 벌써 새벽 1시다."

내가 계속 방에 들어가서 빨리 자라고 해도 절대 안자고 나한테 계속 시비를 건다.

"니 누나는 공부 열심히 해서 고려대 갔는데 지금 니 성적으로는 경대도 못 간다. 니 어떡하려고 공부를 그렇게 안하노?"

나도 나름대로 열심히 공부를 하고 있는데 괴물은 내 마음도 몰라주고 계속 뭐라고 하니까 정말 화가 치밀어 올랐다. 나는 괴물한테 욕을 해버렸다.

"아 좀 ××. 그만하라고! 내 공부에 언제 그렇게 신경 써줬다고 뭐라 하는 건데!"

괴물도 폭발해서 결국에는 내 뺨을 때렸다. 자고 있던 엄마는 한걸음에 내 방으로 달려와서 괴물로부터 나를 보호해 줬다. 괴물도 내 방문을 '쾅!' 닫으면서 자기 방으로 들어갔다. 괴물과의 싸움은 이제 끝났다. 어느덧 새벽 2시가 되었다. 자려고 누웠는데 억울하고 서글픈 마음에 눈물이 났다. 근데 이상하게도 괴물이 때린 내 뺨은 하나도 아프지 않고 얼얼한 느낌도 없었다. 많은 생각을 하면서 나는 잠이 들었다. 다음 날 학교에 가서도 수업에 집중 못하고 계속 어제 있었던 일을 생각했다. 이제 와서 생각해 보니까 엄마, 형, 누나, 나 4명 중에서 아빠 편은 아무도 없고 항상 엄마 편만 들었던 것 같아 후회가 되고, 아버지한테 정말 미안한 마음이 들었다. 그래서 나는 다짐했다.

'오늘은 아버지한테 꼭 사과를 해야겠다.'

학교를 마치고 집으로 곧장 달려갔다. 집에 도착하자마자 집 청소를 하고 아빠가 오기를 기다렸다. 밤 9시. 일 때문에 지친 부모님이 집에 들어왔다. 나는 곧장 아버지에게로 가서 진심을 담아서 사과했다.

"아버지, 제가 어제 욕하고 대든 것 정말 죄송했어요. 그래도 다음부터는 아버지가 먼저 약주하시고 들어오시면 조용히 안방에 들어가서 주무시면 좋겠어요."

아버지는 미소를 지으면서 답하셨다.

"그래, 아빠도 어제 미안했어."

나는 어제 일에 대한 후회스런 마음에 눈물이 핑 돌았다. 아버지에게 한 가지 질문을 했다.

"아빠, 어제 왜 그렇게 살살 때렸어?"

질문이 좀 뜬금없지만 아버지는 담담히 답해 주셨다.

"우리 막내 아들 아프면 안 되니까 그러지. 세상 어느 아빠가 자기 아들 아프길 바라겠노. 어제 일은 아빠도 너무 화가 나서 그랬어."

아버지의 진심을 깨달은 나는 미안한 마음에 아버지 눈을 마주칠 수가 없었다. 눈물이 났다. 이 일이 있은 후부터 아버지는 술도 잘 안 마시고 화도 잘 내지 않았다. 이제부터 아버지는 괴물이 아니다. 이 세상 모든 아버지는 위대하고 감사한 분들이시다. 비록 자기 자식들한테 싫은 소리를 하셔도 자식들이 나중에 어른이 돼서 남들한테 무시당하지 않고 떳떳하게 살아가라는 아버지의 진실된 마음은 변함이 없다. 그렇기에 항상 아버지를 존경하고 사랑해야 한다.

아버지_싸이

YO~ 너무 앞만 보며 살아오셨네 어느새 자식들 머리 커서 말도 안 듣네
한평생 처자식 밥그릇에 청춘 걸고 새끼들 사진보며 한 푼이라도 더 벌고
눈물 먹고 목숨 걸고 힘들어도 털고 일어나 이러다 쓰러지면 어쩌나
아빠는 슈퍼맨이야 얘들아 걱정 마
위에서 짓눌러도 티낼 수도 없고 아래에서 치고 올라와도 피할 수 없네
무섭네 세상 도망가고 싶네 젠장 그래도 참고 있네
맨날 아무것도 모른 채 내 품에서 뒹굴거리는 새끼들의 장난 때문에
나는 산다 힘들어도 간다 여보 얘들아 아빠 출근한다
아버지 이제야 깨달아요
어찌 그렇게 사셨나요 더 이상 쓸쓸해 하지 마요 이제 나와 같이 가요
어느새 학생이 된 아이들에게 아빠는 바라는 거 딱 하나
정직하고 건강한 착한 아이 바른 아이 다른 아빠보단 잘 할 테니
학교 외에 학원 과외 다른 아빠들과의 경쟁에서 이기고자 무엇이든지 다 해줘야 해
고로 많이 벌어야 해 너네 아빠한테 잘해
아이들은 친구들을 사귀고 많은 얘기 나누고 보고 듣고
더 많은 것을 해주는 남의 아빠와 비교 더 좋은 것을 사주는 남의 아빠와 나를 비교
갈수록 싸가지 없어지는 아이들과 바가지만 긁는 안사람의 등살에 외로워도 간다
여보 얘들아 (얘들아) 아빠 출근한다 아버지 이제야 깨달아요 어찌 그렇게 사셨나요
더 이상 쓸쓸해 하지 마요 이제 나와 같이 가요
여보 어느새 세월이 많이 흘렀소 첫째는 사회로 둘째 놈은 대학로
이젠 온가족이 함께 하고 싶지만 아버지기 때문에 얘기하기 어렵구만
세월의 무상에 눈물이 고이고 아이들은 바뻐 보이고 아이고 산책이나 가야겠소
여보 함께 가주시오 아버지 이제야 깨달아요 어찌 그렇게 사셨나요
더 이상 쓸쓸해 하지 마요 이제 나와 같이 가요 오오~
당신을 따라갈래요

이별택시

_1학년 권기웅

김연우, '이별택시'

이 노래 속의 택시는 떠나간 여인을 만날 수 없는 슬픔과 다시 되돌아온 자리에 아무도 없는 쓸쓸함, 그리고 그 지나간 시절과 옛 추억을 그리워하는 마음을 모두 보여준다. 노래의 주인공은 택시를 잡고 갈팡질팡거린다. 특히 '지금 내려 버리면 갈 곳이 길겠죠.' 라는 소절은 주인공이 다시 택시를 내려 버리면 가야 할 길이 길어질 테고, 그 길 속에 슬픔과 기억들이 묻어날 것이기 때문에 택시에서 내릴 수 없음을 말해 주고 있다. 그리고 주인공이 택시를 잡은 또 다른 이유는 과거의 기억으로부터 빨리 회피하고 싶은 것도 있다. 또한 택시는 버스나 기차, 비행기와 달리 도착 장소로 가는 경로가 정해져 있지 않아 우리가 만들면서 가면 된다. 이외에도 나 혼자만의 공간이며, 내가 가고 싶은 곳을 선택할 결정권이 나에게 있다는 이유 때문에 나는 택시 외에는 타고 싶지 않다.

솔직히 진정한 사랑을 해보지는 못하여서 이별이란 감정을 이별을 경험해 본 사람들과 똑같이 느낄 수는 없다. 하지만 이 '이별택시' 라는 노래를 듣고 나서 이별이란 단어가 나에게 그렇게 멀게 느껴지지는 않는다.

이 노래의 주인공은 헤어진 여인에게 이별을 통보하고 뒤돌아 택시를 탄 후 눈시울이 붉어진다. 주인공은 여인과의 행복했던 추억들을 눈물로 흘려 보내고, 그가 있는 공간인 택시는 눈물을 싣고 도착점이 정해지지 않은 채로 그냥 그렇게 조용히 제 갈 길을 갈 뿐이다. 이 노래를 듣고 나서 '이별'이란 지나간 아픔보다는 지난날의 추억을 되새겨 주는 매개체라는 생각이 들었다. 그리고 택시라는 매체로 슬픔의 감정을 진솔하게 담은 이 노래가 매우 마음에 들었다. 연애를 한 번도 해보지 않은 사람, 아직도 뜨거운 사랑을 하고 있는 사람에게는 이 노래가 크게 와닿지 않을 수도 있지만 이별에 대해 한 번쯤 생각해 보고 싶다면 이 노래를 들어보기를 권한다.

이별의 고통은 사람의 인생에 의미있는 한 획을 그어 주는 것이라고 생각한다. 한 줄의 선으로 나에게 더욱 더 많은 경험과 이익을 준다면 나는 그 고통을 서슴지 않고 수용할 자신이 있다. 두려움만 생각하고 뒤만 계속 돌아본다면 더 많은 기회와 경험이 있는 앞으로는 나아가지 못할 것이기 때문이다.

감정을 솔직하게 받아들이고 긍정적인 다른 것으로 바꿀 수 있는 능력은 모두에게 있다. 아픔을 통해 자신을 반성해 보는 시간을 가지고 더 나은 내일을 만들어 나가자.

이별택시_김연우

건너편에 니가 서두르게
택시를 잡고 있어
익숙한 니 동네
외치고 있는 너 빨리 가고 싶니
우리 헤어진 날에
집으로 향하는 너
바라보는 것이 마지막이야
내가 먼저 떠난다 택시 뒤창을 적신 빗물 사이로
널 봐야만 한다 마지막이라서

어디로 가야하죠 아저씨
우는 손님이 처음인가요
달리면 어디가 나오죠 / 빗속을

와이퍼는 뽀드득 신경질 내는데
이별하지 말란 건지
청승 좀 떨지 말란 핀잔인 건지
숲이 달아오른다 버릇이 된 전화를
한참을 물끄러미 바라만 보다가 내 몸이 기운다

어디로 가야하죠 아저씨
우는 손님이 귀찮을 텐데 달리면 사람을 잊나요 / 빗속을

지금 내려버리면 갈 길이 멀겠죠 아득히

달리면 아무도 모를 거야 우는지 미친 사람인지

1만 명이 흘린 눈물은 한 사람의 땀 한 방울만 못하다

(SNS의 부정적인 면)

_2학년 백민기

Queen, 'Under pressure'

대한민국 대부분의 국민들은 자신보다 가난한 사람들을 도와줄 수 있다. UNICEF에 기부할 수도 있고 TV 프로그램을 통해 전화로 후원금을 낼 수도 있다. 하지만 사람들은 프로그램을 보고 안타까워하기만 하고 정작 1,000원도 내지 않는다. 예전에 페이스북에 이런 글이 올라 왔었다. "카카오공장에서 일하는 라작을 위해 Like를 눌러주세요!" 반응은 폭발적이었다. 1만 명이 넘는 사람들이 Like를 눌렀고 댓글로도 응원의 한마디를 남기는 등 훈훈한 반응이 나왔다. 그러나 바뀌는 건 없다. 글을 올린 페이스북 주인도 자신의 계정을 좀 더 알리기 위한 마케팅용으로 쓴 것뿐이고 사람들도 Like를 눌러 공유함으로써 자신들이 실질적인 도움을 주었다고 착각하고 있다. 다음날도 라작은 여전히 카카오공장에서 착취를 당할 게 뻔하다.

최근 언론에서 학교폭력 문제가 자주 거론되고 있다. 수많은 전문가들이 학교폭력 문제를 해결하기 위해 학교폭력 예방 캠페인, 솔리언 또래상담사 프로그램 실시, wee클래스 설치 등의 노력을 기울이고 있지만 아직도 이를 완전히 해결하진 못하고 있다. 그런 와중에 시민 한 사람이 자신의 SNS에 "학교폭력을 예방하기 위해서는 학교를 없애야 한다."라는 글을 올렸다. 물론 어떻게 보면 말이 되기는 한다. 하지만 이 말은 모순이 있다. 가정폭력을 예방하려면 가정을 없애야 하고, 부부싸움을 예방하려면 부부를 갈라야 하나? 말도 안 된다. 생각해볼 것도 없이 바보 같은 말이다. 그런데 사람들은 조금도 생각하지 않고 "좋아요"를 누르고 주위 사람들에게 알리기에 바빴다. 이런 글을 아이들도 읽을 텐데, 안타까울 뿐이다.

가수나 배우처럼 스타성이 뛰어난 사람들은 공인이기 때문에 좀 더 각별히 주의해야 할 필요가 있다. 축구선수 기성용은 자신의 트위터 계정에 "리더는 묵직해야 한다. 그리고 안아줄 수 있어야 한다."라고 쓴 적이 있다. 몇 번을 봐도 틀리지 않았다. 하지만 기자들은 최강희 감독과의 불화를 엮으며 '답답하면 SNS하지 말든지' 라고 제목을 달았다. 기가 찰 노릇이다. 공인의 SNS일수록 정확한 의도도 알아보지 않고 그럴 것이라는 추측만 가지고 괘씸죄를 적용하려는 인식이야말로 시대에 뒤떨어지는 퇴물이 아닐까?

SNS를 너무 부정적으로만 생각할 필요는 없다. 사람들의 소식을 발 빠르게 접할 수 있고 서로간의 관계도 좀 더 친밀히 이어갈 수 있다. 하지만 올바른 SNS에 대한 교육은 꼭 필요하다고 본다. 이런 교육이 제대로 진행되지 않고 있어서 SNS를 무분별하게 사용하는 사람들이 굉장히 많다. 정부 차원에서라도 SNS에 대한 교육을 한 번쯤이라도 진행하는 것이 필요하다고 본다.

Under pressure_Queen

Pressure pushing down on me
Pressing down on you no man ask for
Under pressure - that burns a building down
Splits a family in two
Puts people on streets
It' s the terror of knowing
What this world is about
Watching some good friends
Screaming let me out
Pray tomorrow - gets me higher
Pressure on people - people on streets
It' s the terror of knowing
What this world is about
Watching some good friends
Screaming let me out
Pray tomorrow - gets me higher
Pressure on people - people on streets
Turned away from it all like a blind man
Sat on a fence but it don' t work
Keep coming up with love but it' s so slashed and torn
Why - why - why
Love
Insanity laughs under pressure we' re cracking
Can' t we give ourselves one more chance
Why can' t we give love that one more

chance

Why can' t we give love

Cause love' s such an old fashioned word

and love dares you to care for

The people on the edge of the night

And love dares you to change our way of

Caring about ourselves

This is our last dance

This is our last dance

This is ourselves

Under pressure

Under pressure

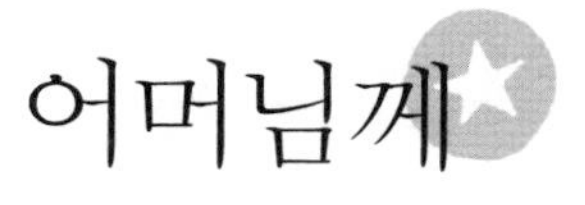

어머님께

_1학년 권순일

god, '어머님께'

내가 '어머님께'를 처음 들은 때는 지금으로부터 8년 전쯤이다.

아빠 차 안 라디오에서 우연히 흘러나온 이 노래를 듣게 되었다. 처음 들었을 때는 가수가 누군지 멜로디가 어떤지만 들었다. 그 당시에는 좋다고 느끼지 못했다. 그러다가 중학교 1학년 때 누나가 mp3플레이어에 노래를 다운받아 놓아서 몇 번이고 듣게 되었다. 이 때는 처음처럼 멜로디만 듣지 않고 노래가사도 생각하면서 들었다.

노래가사에 "어머님은 짜장면을 싫다고 하셨어."라는 가사가 있다. 그 가사를 들으니 왠지 우리 엄마가 상상되었다. 항상 내가 먹고 싶은 것을 해주시고 사고 싶은 것을 사주시지만 엄마는 좋아하는 것도 못 먹고 못 사고 항상 아끼기만 하셨다. 그런 것들을 생각하니 어머니가 안쓰럽게 느껴졌다. 또 한편으로는 그 당시 어머니에 대한 내 생각과 행동들이 후회스럽고 미안했다. 당시 나는 겉모습만 중시해서 엄마가 애기를 돌봐주신다는 것을 부끄럽게 여겼다. 부모님 초청을 알리는 학교의 종이는 몰래 버리곤 했다. 하지만 이 노래를 들으니 어머니께 너무나도 죄송해졌다. 눈에 보이는 돈, 외모 이런 것이 중요한 것이 아니고 엄마가 나를 사랑해 주고 내 옆에서 힘이 되어준다는 자체가 중요한 것이었다는 걸 깨달았다. 그 후 나는 내 행동을 점차적으로 고치고자 노력했다. 고친다고 고쳤는데도 아직까지도 가끔 엄마가 하는 행동들이 부끄러울 때가 있다.

사실 엄마에겐 내가 부끄러운 아들일지도 모르겠다. 학교에서 떠들고 장난을 많이 쳐서 전화오고 그럴 때면 엄마에게 미안하고 부끄럽기도 하다. 그래도 정신 차리고 열심히 공부해서 늦지 않게 효도도 해드리고 표현도 많이 해야겠다. 그리고 이제 엄마도 하고 싶은 거 하고 사고 싶은 것도 사면서 사셨으면 좋겠다.

요즘은 내가 다 컸다고 점점 엄마와 멀어지는 것 같고, 엄마와 함께 하는 시간이 너무 적은 듯하다. 지금부터라도 엄마와 추억도 많이 만들고 더 많은 이야기도 나누어야겠다.

어머님께_god

어머니 보고 싶어요
어려서부터 우리 집은 가난했었고
남들 다하는 외식 몇 번 한 적이 없었고
일터에 나가신 어머니 집에 없으면
언제나 혼자서 끓여 먹었던 라면
그러다 라면이 너무 지겨워서
맛있는 것 좀 먹자고 대들었었어
그러자 어머님은 마지 못해 꺼내신
숨겨두신 비상금으로 시켜주신

자장면 하나에 너무나 행복했었어
하지만 어머니는 왠지 드시질 않았어
어머님은 자장면이 싫다고 하셨어
어머님은 자장면이 싫다고 하셨어

야아이아이아~
그렇게 살아가고 너무나 아프고 하지만 다시 웃고

중학교 1학년 때 도시락 까먹을 때
다 같이 함께 모여 도시락 뚜껑을 열었는데
부잣집 아들 녀석이 나에게 화를 냈어
반찬이 그게 뭐냐며 나에게 뭐라고 했어
창피했어 그만 눈물이 났어
그러자 그 녀석은 내가 운다며 놀려댔어
참을 수 없어서 얼굴로 날아간 내 주먹에

일터에 계시던 어머님은 또 다시 학교에
불려 오셨어 아니 또 끌려 오셨어

다시는 이런 일이 없을 거라며 비셨어
그 녀석 어머니께 고개를 숙여 비셨어
우리 어머니가 비셨어

아버님 없이 마침내 우리는 해냈어
마침내 조그마한 식당을 하나 갖게 됐어
그리 크지 않았지만 행복했어
주름진 어머니 눈가에 눈물이 고였어
어머니와 내 이름의 앞 글자를 따서
식당 이름을 짓고 고사를 지내고
밤이 깊어가도 아무도 떠날 줄 모르고
사람들의 축하는 계속 되었고

자정이 다 돼서야 돌아갔어 / 피곤하셨는지 어머님은 어느새 깊이
잠이 들어버리시고는 깨지 않으셨어 / 다시는…

난 당신을 사랑했어요 / 한 번도 말을 못했지만
사랑해요 이젠 편히 쉬어요
내가 없는 세상에서 영원토록

야아야아아~
그렇게 살아가고 그렇게 후회하고 눈물도 흘리고
야아야아아~
그렇게 살아가고 너무나 아프고 하지만 다시 웃고

잊어버린 것들

_1학년 이환우

프라이머리, '독'

반복되는 일상이 그냥 싫었다. 무엇인가를 한 번 다르게 느껴보고 싶고 설레고 싶었다. 그것은 지금도 마찬가지이다. 현실과 다른 그런 세상을 나는 항상 꿈꾼다.

처음으로 반복하던 일상에서 벗어났던 경험은 중1 겨울방학 새벽 2시에 행해졌다. 반복되는 일상 그리고 현실에 지쳐 있었던 나는 무의식적으로 서울로 향했다. 그날의 유난히 까맣던 하늘 그리고 하얗게 눈으로 물들인 거리는 추위도 느껴지지 않고 외로움도 느껴지지 않았다. 나 혼자 이렇게 먼 곳까지 왔다는 설렘은 나를 두근거리게 했고, 이곳이 낯선 타지라는 것 또한 나를 굉장히 설레게 했다. 입에서는 입김이 나고 볼은 빨갛게 물들었지만 들뜬 마음에 추위도 느끼지 못했다. 그 당시의 나에게는 눈이 내리고 입김이 나올 만큼의 추운 날씨보다도 나의 현실이 더욱더 춥게 느껴졌기 때문이었는지도 모르겠다.

두 번째 나의 일탈은 중3 겨울방학 친구들과 팔공산에 갔던 것이다. 부모님에게 거짓말을 하고 팔공산을 갔지만, 죄책감보다는 잠시 쉴 수 있다는 안도감으로 즐겁게 여행을 했다.

중1 때의 경험과는 다르게 친구와 함께 가는 여행은 좀 더 흥미롭고 새로웠다. 중학교 생활을 마무리한다는 생각으로 하는 여행이어서 아쉬운 느낌도 있었지만, 학원엘 안 가고 가뿐한 마음으로 가는 여행이라 더욱 더 신이 났다.

앞에서 말한 '현실을 벗어나는 여행'은 지금의 나를 있게 해준 좋은 경험이었다.

'무엇을 꿈꾸고 무엇을 상상하든 나는 해낼 수 있다.'는 나의 생각들을 몇몇 친구들과 선생님들은 무시하기도 한다. 그럴 때면 종종 상처도 받는다. 하지만 나는 이 두 번의 여행에서 얻은 여러 가지 다짐과 경험들로 내 의지를 다잡을 수 있다. 또한 내가 어떻게 하면 더 행복하고 즐거울 수 있을까를 생각할 수도 있다.

누구든 현실에서 벗어나고 싶고 자기 꿈에 다가가기 위해 한 템포 쉬어갈 필요가 있을 때, 일상을 벗어나 혼자서 혹은 마음 맞는 친구들과 함께 여행할 것을 추천한다.

독_프라이머리

시간 지나 먼지 덮인 많은 기억
시간 지나면서 내 몸에 쌓인 독
자유롭고 싶은 게 전보다 훨씬 더 심해진 요즘 난 정확히 반쯤 죽어 있어
눈에 보이는 건 아니지만 난 믿은 것 그게 날 이끌던 걸 느낀 적 있지 분명
그 시작을 기억해 나를 썩히던 모든 걸 비워내
붙잡아야지 잃어가던 것
지금까지의 긴 여행
꽉 쥔 주먹에 신념이 가진 것의 전부라 말한 시절엔
겁먹고 낡아 버린 모두를 비웃었지 반대로 그들은 날 겁줬지
나 역시 나중엔 그들같이 변할 거라고 어쩔 수 없이
그러니 똑바로 쳐다보라던 현실
그는 뛰고 싶어도 앉은 자리가 더 편하대
매번 그렇게 나와 너한테 거짓말을 해
그 담배 같은 위안 땜에 좀먹은 정신
어른이 돼야 된다는 말 뒤에 숨겨진 건 최면일 뿐 절대 현명해지고 있는 게 아냐
안주하는 것 뿐 줄에 묶여 있는 개마냥
배워가던 게 그런 것들뿐이라서 용기내는 것만큼 두려운 게 남들 눈이라서
그 꼴들이 지겨워서 그냥 꺼지라 했지
내 믿음이 이끄는 곳 그곳이 바로 내 집이며 내가 완성되는 곳
기회란 것도 온다면 옆으로 치워놓은 꿈 때문에 텅 빈 껍데기뿐 너보단 나에게
마음껏 비웃어도 돼
날 걱정하는 듯 말하며 니 실패를 숨겨도 돼
다치기 싫은 마음뿐인 넌 가만히만 있어
그리고 그걸 상식이라 말하지 비겁함이 약이 되는 세상이지만
난 너 대신 흉터를 가진 모두에게 존경을 이겨낸 이에게 축복을

깊은 구멍에 빠진 적 있지
가족과 친구에겐 문제없이 사는 척 뒤섞이던 자기혐오와 오만

거울에서조차 날 쳐다보는 눈이 싫었어 열정의 고갈
어떤 누구보다 내가 싫어하던 그 짓들
그게 내 일이 된 후엔 죽어가는 느낌뿐
다른 건 제대로 느끼지 못해
뒤틀려버린 내 모습 봤지만 난 나를 죽이지 못해
그저 어딘가 먼 데로 가진 걸 다 갖다버린대도
아깝지 않을 것 같던 그때는
위로가 될 만한 일들을 미친놈같이
뒤지고 지치며 평화는 나와 관계없는 일이었고
불안함 감추기 위해 목소리 높이며 자존심에 대한 얘기를
화내며 지껄이고 헤매었네 어지럽게
누가 내 옆에 있는지도 모르던 때
그때도 난 신을 믿지 않았지만 망가진 날 믿을 수도 없어 한참을 갈피 못 잡았지
내 의식에 스며든 질기고 지독한 감기
몇 시간을 자든지 개운치 못한 아침
조바심과 압박감이 찌그러트려놓은 젊음
거품, 덫들, 기회 대신 오는 유혹들 그 모든 것의 정면에서 다시 처음부터
붙잡아야지 잃어가던 것

급히 따라가다 보면 어떤 게 나인지 잊어가 점점

급히 따라가다 보면 어떤 게 나인지 잊어가 점점
멈춰야겠으면 지금 멈춰
우린 중요한 것들을 너무 많이 놓쳐

급히 따라가다 보면 어떤 게 나인지 잊어가 점점

그때 그 기분

_1학년 박주호

서인국, 정은지 'all for you'

'all for you'

나에게 이 노래는 그저 평범한 사랑 노래였다. 평범하다 못해 그냥 들어 본 적도 없는 노래였다. 그녀를 보기 전까지는. 그러나 그녀를 만난 후 이 노래는 나에게 의미 있는 노래가 되었다.

그녀를 처음 보았을 때 나는 아무 생각도 없었다. 그런데 점점 날이 갈수록 그 사람을 보고 있으면 나도 모르게 웃음을 짓게 됐다. 그때는 왜인지 몰랐지만 지금 생각해 보니 살아오면서 내가 본 사람들 중 가장 순수한 웃음을 가진 사람이어서가 아닐까 라는 생각이 든다. 지금도 어린 아기의 미소 같은 그 미소가 생각나면 그녀가 마냥 보고 싶어진다.

그녀가 나에게 특별해졌을 때. 그때의 나의 기분은 정말 오랜만에 느끼는 설렘이었다. 그날부터 무언가 내가 사는 인생이 재미있고 즐거웠다. 그렇게 가장 설레고 행복한 때에 나는 이 노래를 들었다. 가사 중에 '너만을 위해서'라는 부분가 있었는데 그땐 정말 그 가사처럼 나도 그녀를 위해서라면 어떤 것이라도 할 수 있겠다는 생각을 했다.

하지만 지금은 그 사람이 내 곁에 없다. 그 사람이 떠날 때 더는 볼 수 없다는 생각에 슬프기도 하고 아쉽기도 하고… 오만가지 생각이 들었다.

지금도 그녀와 우연히 마주치게 되면 반갑게 인사하고 간단한 담소라도 나누고 싶다는 생각을 한다. 그 사람을 진짜 못 잊을 것 같았는데 가끔 '그 사람을 잊고 있었네.' 라는 생각을 자각할 때면 나에게 실망하기도 한다.

현재. 늘 같은 하늘에 늘 같은 하루. 그 사람이 없는 것 말고는 달라진 게 없다. 그리고 나도 평범히 지낸다. 그래도 그 사람이 가까운 곳에 있었으면 한다. 하지만 지금 그 사람을 떠올려 보면, 아직도 보고 싶은 게 여전히 그녀가 좋아서인지 아니면 그때의 그 설레던 감정이 좋아서인지 헷갈린다. 그리고 이 노래를 들으면 그녀가 생각나는 동시에 추억에 잠기면서 무언가 가슴 한구석이 텅 빈 기분이 든다. 나는 어느 시점부터 그런 외로운 기분을 참 좋아하였다. 그 이유는, 뭐랄까? 날 평온하게 해주고 세상의 소음으로부터 떨어지게 해주어서 마음을 진정시켜주기 때문이다. 외로움을 느끼고 나서는 내 주위에 친구, 가족, 스승 등등 여러 사람이 있다는 것에 감사하게 된다. 물론 사춘기라는 이유도 한몫을 한다. 내가 이런 기분을 노래 덕분에 느끼고 나니 다른 사람도 이런 노래 하나쯤은 있었으면 한다.

all for you_서인국, 정은지

all for you ~
벌써 며칠째 전화도 없는 너
얼마 후면 나의 생일이란 걸 아는지
눈치도 없이 시간은 자꾸만 흘러가고
난 미움보다 걱정스런 맘에
무작정 찾아간 너의 골목 어귀에서
생각지 못한 웃으며 반기는 너를 봤어

사실은 말야 나 많이 고민했어
네게 아무것도 해줄 수 없는 걸
아주 많이 모자라도 가진 것 없어도
이런 나라도 받아 줄래

너를 위해서 너만을 위해서
난 세상 모든 걸 다 안겨 주지는 못하지만
난 너에게만 이제 약속할게
오직 너를 위한 내가 될게

It' s only for you just wanna be for you
넌 그렇게 지금 모습 그대로 내 곁에 있으면 돼
난 다시 태어나도 영원히 너만 바라볼게

넌 모르지만 조금은 힘들었어
네게 어울리는 사람이 나인지
그건 내가 아니라도 다른 누구라도
이젠 그런 마음 버릴래

너를 위해서 너만을 위해서

난 세상 모든 걸 다 안겨 주지는 못하지만
난 너에게만 이제 약속할게
오직 너를 위한 내가 될게

It' s only for you just wanna be for you
넌 그렇게 지금 모습 그대로 내 곁에 있으면 돼
난 다시 태어나도 영원히 너만 바라볼게

(love 내 작은 맘속을 oh love 네 향기로 채울래)
그 속에 영원히 갇혀 버린대도
난 행복할 수 있도록

너를 위해서

너를 위해서 너만을 위해서
난 세상 모든 걸 다 안겨 주지는 못하지만
난 너에게만 이제 약속할게
오직 너를 위한 내가 될게

It' s only for you just wanna be for you
넌 그렇게 지금 모습 그대로 내 곁에 있으면 돼
난 다시 태어나도 영원히 너만 바라볼게

단비

_2학년 최윤석

에피톤 프로젝트, '봄날, 벚꽃 그리고 너'

따스한 햇볕이 창가로 흘러들어오는 아침. 머리맡에 올려둔 전화기가 요란한 소리를 내며 운다. 부스스 눈을 떠보니 여섯시가 넘었다. 바쁘게 준비하고 밖으로 나서는 길. 학교를 향하는 버스를 타기 위해 정류장에 서서 평소처럼 두 귀에 이어폰을 끼운다. 더운 여름 버스의 시원한 바람과 두 귀로 흘러들어오는 부드러운 선율을 만끽하며 학교로 향한다. 학교에 도착해 정신없이 생활하다 눈을 떠보니 어느덧 해는 저물고 집으로 돌아 갈 시간이다. 친숙한 것을 귀에 꽂고 집에 갈 생각에 흥겨워 흘러나오는 음악을 콧노래로 따라 불러본다. 버스에 내려 걸어가는 길. 도시의 건물들은 저마다 자신들의 존재를 알리려는 듯 이곳저곳에서 강렬한 음악소리를 뿜내고, 어두워 잘 보이지 않는 골목어귀의 작은 놀이터에서는 어린아이의 가냘픈 노랫소리도 어렴풋이 들려온다. 하루는 그렇게 저물고 이튿날도 사흗날도 별 다를 바 없이 비슷하게 흘러간다.

특별한 일 없이 다람쥐 쳇바퀴 돌듯 똑같은 지루한 일상에 지쳐갈 법도 하련만, 유일하게 매일 달라지는 것 덕분에 위안을 삼을 수 있었다. 그것은 친구들의 달콤한 말들도 수많은 지식이 수록된 책도 아니었다. 그것은 어디서든 언제든 원하면 접할 수 있었고 내가 원하는 스타일을 선택할 수 있었다.

따분함에 익숙해진 나에겐 아주 가치 있는 요소였다. 어딘가에 고여 있는 물처럼 발전 없이 멈춰 서 있지 않았고, 강요가 아닌 자유로움이었다. 수많은 선율과 시적인 가사들 그것들은 충분히 지루한 일상을 달래 줄 한줄기 빛이었다. 혼자 있을 때, 지쳐 있을 때, 슬프고 우울할 때 심지어는 기쁠 때까지도 항상 함께 있었고 내 기분에 맞춰 내 생각에 맞춰 물 흐르듯 힘들이지 않고 바꿀 수 있었다. 대화 나누는 듯했고 내 마음을 알아주고 위로해 주는 듯했다. 그들은 시시때때로 상황에 맞게 흘러나왔다. 손에 잡히지 않지만 잡히는 듯이.

어느덧 노래는 없어서는 안 될 존재가 되어 있었다. 자투리 시간에는 항상 귀에 이어폰이 꽂혀 있었고 TV프로그램도 자연스레 오디션이나 가요프로를 보고 있었다. 이렇게 시작된 나의 노래사랑은 그칠 줄 몰랐다. 방학을 이용해 악기를 배우러 다니기도 하고, 컴퓨터프로그램을 이용해 작사 작곡을 해보기도 하고 안 가던 노래방을 들락날락거리며 목이 쉬어라 연습도 했다. 이렇게까지 무언가에 빠져보기는 처음이었다.

고등학교 생활을 시작하며 항상 이런 생각이 들었다. 과연 나는 커서 무엇이 될까, 왜 뜻대로 행동이 되지 않는 것일까. 막연한 미래에 불안해 하며 힘들어하고 지쳤었다. 주위사람들의 충고도 제대로 들리지 않았고, 마냥 나 혼자인 듯이 외롭고 힘들었다. 이런 나에게 '음악'이라는 것은 마른 땅의 단비이자, 평소 하지 못한 말과 하고 싶던 말들을 여러 가지 선율의 힘을 빌려 표출할 수 있도록 도와주는 마법과도 같은 신비한 힘이었다. 때문에 음악은 나에게 큰 힘이 되었고 나의 든든한 지원군이 된 것 같았다. 황량한 사막을 정처 없이 거닐다 눈앞에 오아시스를 발견한 방랑자의 기쁨이랄까. 목을 축였고 꿈도 꾸었다. '나는 할 수 있을 것이다, 다 잘 될 것이다.' 라는 막연하지만 마음 편한 믿음을 가지게 되었고 어떤 일을 하는 것에 있어서 자신감이 생겼다. 그리고 그 자신감은 곧 밖으로 퍼져 나왔다.

변해갔다. 희미하게 흐릿하지만 조금씩 아주 조금씩 지루하다는 생각이 어디론가 연기처럼 날아가기 시작했고 다람쥐 쳇바퀴 돌리는 것 같은 반복되는 일상이 조금은 다르게 보였다. 평소에 보지 못했던 하늘이나 새가 보였고 주위 사물에 눈이 뜨였다. 여유를 가지게 되었고 무엇보다 마음이 편해졌다. 음악이라는 흥미가 생겼고 '낙(樂)'이라고 말할 수 있는 뚜렷한 무언가가 생겼다는 것이 무척이나 자랑스러우며 뿌듯했다. 남들이 가볍게 생각할 수 있는 그것은 나에게 있어 사뭇 진지하게 나를 되돌아 볼 수 있는 매개체가 되었고 나를 버티게 해주는 활력소가 되었다.

그 덕분에 하루하루를 보내는 데 별 탈이 없었다. 지루할 틈이 없었다고 할까? 어느 날은 불처럼 뜨겁고 강렬하게 또 어느 날은 물처럼 차갑고 부드럽게. 오히려 시간이 지나니 '오늘은 어떨까?' 하는 생각도 들었다. 생각지도 못했던 그것 하나로 모든 것이 순식간에 달라졌다.

앞으로 얼마 남지 않은 고등학교 2학년, 또 어떤 일이 펼쳐질지 알 수 없는 고등학교 3학년까지의 내 학창시절은 아마 음악에 둘러싸여 지루할 틈 없이 눈이 녹듯 스르륵 지나갈 것이다.

봄날, 벚꽃 그리고 너_에피톤 프로젝트

벚꽃이 지고 나서 너를 만났다
정확히 말하자면 길가에
벚꽃이 내려앉을 그 무렵, 우리는 만났다

우리는 누가 먼저랄 것도 없이 이끌렸었고
또 그렇게 사랑했었다

비상하지 못한 기억력으로
너의 순서에 없는 역사를 재조합해야 했으며
전화기 속 너의 말들은 오로지 기록하려 했다

사람이 사람을 알아나간다는 것은
한 줄의 활자를 읽어나가는 것보다 값진 것

나는 너를, 너는 나를
그렇게 우리는 서로를 알아나가며 이해하고 이해받으며
때론 싸우고 또 다시 화해하며 그게 사랑이라고 나는 믿었었다

벚꽃이 피기 전 너와 헤어졌다
겨울이 지나고 봄이 오면
그래서 너의 벚꽃이 피어나면 구경 가자던
너의 목소리가 아직도 귓가에 맴돈다

계절은 추운 겨울을 지나
또다시 봄이라는 선물상자를 보내 주었다
우리는 봄에 만나 봄에 헤어졌고
너는 나에게 그리움 하나를 얹어 주었다

그녀는 어느 작은 꽃집을 운영하고 있었다. 그녀를 보자마자 나는 그녀에게 말없이 달려가려고 ㅎ다. 그런데 그녀 옆에서 갑자기 남자가 나타나 그녀를 껴안았다. 나는 그를 보고 멈칫했다. 그는 바로 영민이었던 것이었다. 나는 내 머리가 백지가 된 듯이 새하얘지더니 그 자리에서 몰래 도망치고 말았다. 나는 그 일이 있은 뒤로 그녀에 대한 마음을 포기하고 그냥 다른 사람을 만나며 살아가기로 마음먹었다. 정말로 첫사랑은 이루어질 수 없다는 것을 뼈저리게 느끼면서……

제4부

노래가 들려주는 이야기

목차

사랑하기에

_2학년 이동광

Good Charlotte, 'My Bloody Valentine'

남은철

'우르릉…… 쾅!'

천둥이 쳤다. 비가 많이 오고 있다. 하늘을 바라보았다. 거무튀튀한 밤하늘에 달빛마저 먹구름에 가려 칠흑 같은 밤이었다. 나는 심호흡을 한 후 저택의 담을 뛰어 넘었다. 그러고는 천천히 발걸음을 옮겨가며 열려 있는 문이나 창문을 찾아보았다. 저택을 한 바퀴 돌아도 들어갈 만한 곳을 찾지 못했다. 그때 2층 창문이 열려 있는 것이 눈에 들어왔다. '날 도와주는구나' 하고 생각하며 조심스레 벽을 살폈다. 저택의 외벽은 벽돌로 되어 있었는데 벽돌이 툭툭 튀어나와 있어 고급스러웠다. 나는 그 벽돌들을 조심스럽게 잡고 벽을 기어올랐다. 빗물 때문에 몇 번 미끄러지기는 했지만 떨어지지는 않았다. 겨우겨우 창문을 붙잡고 안으로 들어갔다. 어깨 쪽이 걸리기는 했지만 몸을 비틀며 밀어 넣으니 겨우 들어가졌다. 욕실이었다. 나는 조심스럽게 문을 열고 안방으로 갔다. 침대를 바라보니 한 남자가 누워 있었다. '각방을 쓰나?' 이런 생각을 하며 입고 있던 어두운 점퍼 품안에서 칼을 꺼냈다. 칼은 신기하게도 날만 있었고 손잡이는 신문지를 뭉쳐서 만들어져 있었다. 나는 한 손에 베개를 들고 남자를 가만히 쳐다봤다. '쾅!' 밖에서는 천둥이 쳤다.

나는 어렸을 때 좋지 못한 가정에서 자랐었다. 아버지라는 사람은 맨날 어머니를 때렸다. 다른 사람들은 우리 아버지가 좋은 사람이라고 아버지 같은 사람이 되라고 말했지만 난 결코 아버지처럼 아내를 때리는 사람은 되고 싶지 않았다.

어느 날이었다. 평소처럼 안방에서 싸우는 소리와 어머니의 비명소리가 들렸고, 그 소리가 너무 싫었던 나는 귀를 틀어막고 침대에 누워 있었다. 이런 일이 있을 때면 어머니께서는 울면서 내 방에 오시고 아버지가 잠들기를 기다리셨다. 아니나다를까 곧 어머니께서 방에 들어오시고 이내 서럽게 울기 시작했다. 어머니의 오른쪽 이마에는 멍이 들어 있었다. 나는 멍을 가만히 쳐다보았다. 아버지는 폭력을 행사한다 하더라도 얼굴에는 손을 대시는 법은 없으셨다. 그 이유는 어머니의 얼굴에 상처가 나면 다른 사람들도 아버지가 폭력을 휘두르는 것을 알아버리기 때문이다. 그런데 오늘은 어찌 된 일인지 얼굴에 손을 대셨다. 나는 평소와는 다른 느낌에 온몸에 소름이 돋았다.

다음날 학교를 마치고 집에 가보니 경찰들이 와 있었다. 어머니께서 자살을 하신 것이다. 들것에 들려 차에 실리는 어머니의 마지막 모습에서 가리지 못한 오른쪽 이마의 멍을 보았다. 나는 아무 생각도 들지 않았다. 그저 아버지를 죽이고 싶다는 생각만 들었다. 이웃집 아주머니께서는 나를 끌어안고 우셨다. 하지만 난 신기하게도 눈물이 나지 않았다. 경찰의 조사가 시작되고 나는 아버지가 가정폭력을 휘둘렀다고 진술했다. 하지만 증거가 없었다. 아버지는 평소에 사람들에게 좋은 사람으로 알려져 있었고, 어머니가 자살을 했을 때도 아버지가 신고를 했으며, 현장에서 대성통곡을 한 덕에 아무도 내 진술은 믿지 않는 분위기였다. 그 이후에 아버지는 나를 고아원에 맡기고 떠나버렸고, 나는 온전히 내 힘으로 살아왔다.

내가 칵테일 바에서 아르바이트를 하고 있을 때였다. 난 바텐더 자격증이 없어서 컵을 닦고 서빙을 하고 바텐더를 보조하는 역할을 하고 있었다. 평소처럼 서빙을 하고 있었는데 아름다운 손님이 들어왔다. 첫눈에 반할 만한 외모였다. 서빙을 하다 말고 카운터로 돌아가 술을 만드는 척을 했다. 선배가 뭐하는 짓이냐고 물었고, 나는 도와달라고 부탁했다. 선배는 웃으며 알겠다고 했다. 난 멋있어 보이고 싶어서 어깨 너머로 배운 칵테일을 만들며 다가갔다. 그런데 그녀는 생각에 잠겨 있었다. 무슨 생각을 하는지 무척이나 슬퍼 보였다. 난 당황스럽고 민망해서 칵테일 만드는 것을 멈췄다. 이미 만든 것을 어떻게 처리하나 싶어 곰곰이 생각하다가 잔에 부었다. 색깔이 영롱하고 아름다웠다. 내가 만들었다는 것이 믿겨지지 않았다. 내가 마시려다가 여자와 잔을 번갈아가며 봤다. 잔을 내밀었다. 여자가 날 쳐다보았고 난 심장이 멎을 뻔했다. 자연스럽게 말을 하려고 했는데 말문이 턱 막혀 아무 말도 할 수가 없었다. 기껏 한다는 말이

"서비스입니다."

내가 너무 한심했다. 망했다고 생각하고 돌아서는데 웃는 소리가 들렸다. 여자가 웃으며 나에게 말했다.

"감사합니다. 이왕 서비스 해주실 거 앞에 앉아서 말동무도 해주시면 안될까요?"

나는 속으로 환호성을 질렀다. 냉큼 앞에 앉아서 이야기를 나누기 시작했다. 사실 칵테일을 만들 줄 모른다는 이야기와 진상손님, 대학이야기 등을 하면서 친해졌다. 그러다가 왜 슬픈 표정이냐고 묻자 그녀는 키우던 개가 하늘로 갔다고 했다. 나는 위로를 해주었다. 그리고 나의 어릴 적 이야기를 해주었다. 아버지의 가정폭력, 그로 인한 가정불화, 어머니의 오른쪽 이마에 선명했던 멍, 그리고 자살. 여자의 표정은 멍해졌고 나 또한 처음 본 사람한테 나의 비밀을 모두 말했다는 게 그저 놀라웠다.

"은철아, 너 퇴근할 시간인데?"

선배가 퇴근시간이라고 알려줬다. 난 여자와 함께 가게를 나왔다. 여자는 좋은 친구가 하나 생긴 것 같아 기분이 좋다고 하면서 번호와 이름도 알려주

었다. 나는 냉큼 휴대폰을 꺼내 저장했다. 이름이 '김예은'이라고 했다. 이런 저런 이야기를 하다 보니 어느새 여자의 집에 가까워졌다. 예은이는 여기서부터는 혼자 간다고 했다. 내가 위험하다고 데려다 준다고 하니 자기 남편이 의심한다며 고맙지만 사양한다고 말했다. 나는 돌아서려는데 순간 남편이라는 말이 머릿속에 맴돌았다. 처음에는 힘이 쭉 빠지다가 나중에는 화까지 났다. 그래도 깨끗이 포기하자는 생각에 잘 들어갔냐고 문자를 했다. 전혀 생각하지도 못한 답을 받았다. 내일도 만나자는 것이었다. 내일은 만나서 막창을 먹으러 가자는 것이었다. 머리로는 그녀를 만나면 안 된다는 것을 알았지만 내 마음이 그녀를 원하고 있었다. 그래서 알겠다고 답장을 보냈다. 내가 남편이 있는 여자를 좋아한다는 사실에 자괴감이 들었지만 그냥 친구일 뿐이라고 자기최면을 걸었다. 집에 도착한 나는 여러 가지 생각을 하다가 잠이 들었다.

아침에 일어나니 비가 오고 있었다. 인터넷으로 날씨를 보니 3일 동안은 계속 비가 온다고 했다. 혹시나 만나지 말자고 할까 봐 문자를 보냈다.

–지금 밖에 비 오는데 이것 때문에 오늘 약속 취소되는 건 아니겠지?

난 학교 갈 준비를 하고 휴대폰을 봤다. 문자는 오지 않았다. 버스에 타서 휴대폰을 봤다. 문자는 오지 않았다. 학교에서 수업을 듣다가 휴대폰을 봤다. 문자는 오지 않았다. 슬슬 걱정되기 시작했다. '무슨 일이 생겼나? 아님 만나기가 싫은 걸까? 하긴 남편도 있는데 아무리 친구라지만 밤에 만나서 술을 마시는 건 부담스럽겠지.' 잠시나마 기대했었던 나 자신이 한심하게 느껴졌다. 그리곤 휴대폰을 가방 깊숙이 넣었다. 점심시간에 밥을 먹다가 무심결에 휴대폰을 봤는데 문자가 와 있었다.

–당연하지. 비올 때 포장마차 가면 더 좋아.

나는 다시 기분이 좋아져서 밤이 오기를 기다렸다. 8시쯤에 만나기로 했는데 조금 일찍 도착했다. 뭘 하면서 기다릴지 생각하며 들어갔는데 예은이는 벌써 와 있었다.

"왜 이렇게 빨리 왔어?"

나는 물었다.

"아, 그냥 빨리 나오고 싶었어. 뭐 먹을까?"

나는 맞은편에 앉으며 예은이를 쳐다보았다. 그런데 예은이의 오른쪽 이마에 멍이 있었다. 갑자기 옛날 기억이 떠올랐다. 멍이 왜 생겼냐고 묻자 아무것도 아니라며 대답을 피했다. 나는 예은이의 남편이 나의 아버지처럼 느껴지며 죽이고 싶단 생각이 들었다. 그리고 예은이가 나의 어머니처럼 자살할지도 모르겠다는 생각이 들었다. 나는 주체할 수 없는 불안감과 분노에 휩싸여 예은이와 이야기를 하면서도 머릿속은 이미 그녀의 남편 앞에 서 있었다. 한 2시간쯤 흘러간 것 같았다. 예은이가 피곤하다며 집에 간다고 했다. 나는 예은이의 뒤를 몰래 따라가 집을 알아냈다. 그러곤 집으로 돌아가 고민하다가 나의 아버지와 어머니가 떠올라 다시 예은이의 집으로 향했다. 품속에 칼도 챙겼다. 그리고 담을 넘었다.

나는 한 손에 베개를 들고 남자를 가만히 쳐다봤다. '쾅!' 밖에서는 천둥이 쳤다. 나는 결심을 한 후 베개로 그의 얼굴을 막고 칼로 찔렀다. 계속 찔렀다. 나의 아버지에 대한 분노를 예은이의 남편에게 표출하고 있었다. 저항하던 예은이의 남편도 이내 힘이 빠진 듯이 몸이 축 처졌다. 나는 칼에서 신문지 뭉치를 분리한 후 예은이를 찾아 집안을 돌아 다녔다. 입구 쪽에 있는 작은 방에서 자고 있는 예은이를 발견했다. 예은이는 아까 입었던 외출복 그대로 자고 있었다. 자고 있는 예은이를 조심스럽게 깨웠다. 예은이는 나를 보자 깜짝 놀란 표정을 지었다. 나는 말했다.

"설명은 나중에 해줄게. 일단 여기서 나가야 돼."

하고 예은이의 대답은 듣지도 않고 손을 잡고 도망치듯이 그 집을 빠져 나왔다.

우리는 가까운 여관으로 갔다. 예은이가 자초지종을 물었고, 나는 하나도 빠짐없이 사실을 다 말했다. 예은이는 울기 시작했고 나는 그녀의 손을 잡고 조심스럽게 말했다.

"미안해, 예은아. 내가 너를 사랑하기에 지켜보고 있을 수만은 없었어."

하고 그녀의 표정을 봤다. 살짝 멍한 표정으로 나를 가만히 보고 있었다.

"우리 멀리 멀리 가서 새롭게 시작하자."

하고 그녀의 눈을 보며 말했다. 그러고는 물을 주려고 일어서는데 그녀의 손에 피가 묻어 있었다. 나는 어디 다친 줄 알고 놀라서 손을 살펴봤다. 그런데 그녀의 손이 다친 게 아니라 내 손의 피가 묻은 거였다. 손을 씻고 방문을 열자 그녀는 아까 그 자세 그대로 고개만 돌려 나를 쳐다보았다. 눈이 마주치자 새삼 마음이 설레고 앞으로는 행복할 날만 남았다는 생각에 온몸에 전율이 돋았다. 나는 그녀를 보며 웃어주었다. 그리고 방으로 들어가려는데 누군가 나의 손목을 잡아 비틀었다. 너무 아파 비명을 지르며 뒤를 돌아봤다. 거기에는 경찰들이 있었고 내 손에 수갑을 채웠다. 그녀를 바라보니 공포와 절망이 섞인 표정으로 나를 바라보았다. 살인자를 바라보는 눈빛. 온 몸에 힘이 빠져 저항도 하지 못하고 여관 밖으로 끌려 나왔다. 경찰차들의 헤드라이트 때문에 눈이 부셨다. 경찰차에 타면서 여관 쪽을 봤다. 거기에는 경찰들의 보호 아래 담요로 몸을 감싸고 나오는 예은이가 있었다. 아직도 이해가 되지 않았다. 도대체 왜 그랬을까?

김예은

나는 젊은 나이에 결혼을 했다. 주위 사람들의 만류에도 불구하고 무작정 결혼했다. 내가 자칫 무모할지도 모르는 결정을 내린 이유는 남편을 믿었기 때문이다. 남편은 젊은 나이에 사업에 성공을 해서 마당이 있는 2층 주택에서 살고 있었다. 성격도 착하고 부지런한데다가 나를 엄청 아껴줘서 결혼한 것에 대한 후회는 전혀 없다. 하지만 한 가지 흠이 있다면 그건 나를 너무 사랑한다는 것이었다. 너무 사랑해서 밖에 나가지도 못하게 했다. 밖에 나간다면 언제나 남편이 옆에 붙어 있었다. 친구와 놀고 싶으면 친구를 부르면 되긴 했지만 그래도 밖에서 노는 것보다 재미가 없었다. 그래서 한때는 너무 답답해서 남편에게 울면서 부탁했다. 집에만 있는 건 너무 답답하니까 밖에 좀 나가게 해달라고. 그랬더니 강아지를 한 마리 사 왔다. 나는 남편의 지독함에 할 말을 잃었다. 처음에는 그 강아지가 너무 미웠다. 그냥 감옥에 인형을 던져준 그런 느낌이었다. 하지만 나만 따라 다니고 애교도 부리고 똥도 치워주다 보니 어느새 정이 들었다. 그래서 남편이 자주 출장을 가도 외로움을 거의 느끼지 못했다.

그러던 어느 날 주기적으로 출장을 가야 하는 남편의 직업상 또 남편과 떨어지게 되었다. 그래도 강아지가 있으니 견딜 수 있었다. 그런데 남편이 돌아오는 당일 아침, 항상 아침만 되면 침대 위로 올라와 날 깨우던 강아지가 조용했다. 아침을 차리는데도 조용히 누워 있었다. 불안한 느낌이 엄습해서 강아지를 급하게 흔들어 봤다. 다행히도 고갤 들어서 나를 쳐다보았다. 안도감에 한숨을 쉬었다. 그러나 일은 그날 저녁에 터졌다. 강아지가 죽어버린 것이다. 이젠 고개도 들지 않는 강아지를 안고 급하게 병원으로 달려갔지만 이미 늦어버렸다. 눈물을 멈출 수가 없었다. 그때 의사가 말했다.

"그럼 사체는 어떻게 처리하실 겁니까? 우리 병원에 맡기면 알아서 처리되고 그렇지 않을 경우에는 납골당에 안치하시거나 아니면 쓰레기봉투에 버리시면 됩니다."

그 말을 듣고 나서는 충격이 배가 되어 술을 마시지 않으면 버티기 힘들 것 같았다. 그래서 병원에다가 조심히 다뤄달라고 부탁하고는 칵테일바로 향했다.

칵테일바 카운터에 앉아 일찍 병원에 데려가지 않은 나 자신을 탓하고 있었다. 그때 한 종업원이 칵테일을 내밀었다. 이게 뭐냐고 묻자 그는

"서비스입니다."

라고 했다. 고통을 나눠줄 말동무가 필요했던 나는

"감사합니다. 이왕 서비스 해주실 거 앞에 앉아서 말동무도 해주시면 안 될까요?"

라고 했다. 나는 정말 오랜만에 남편 이외의 남자와 대화를 나눠보았다. 그리고 떠난 강아지에 대해 다른 사람과 이야기를 하니 마음도 편해지는 느낌을 받았다. 그 종업원도 자신의 어릴 적 이야기를 해주는데 듣는 내가 미안할 정도로 슬픈 이야기였다. 그 종업원에게 측은한 마음이 생기면서 동시에 친해지고 싶다는 생각도 들었다. 이 사람과 같이 가도 안전하겠다는 확신이 들어서 함께 가는 길에 내 이름과 핸드폰 번호도 알려주었다. 그러자 남자도 이름과 번호를 알려주었다. 이름이 '남은철'이었다. 그는 나를 집까지 데려다 주려고 했지만 난 사양했다. 그와 즐겁게 떠들다 보니 오늘 남편이 돌아오는 날이라는 것을 잊고 있었던 것이다. 남편이 괜히 오해할까 봐 그냥 여기서 안녕하자고 했다. 집에 서둘러서 돌아가니 남편은 벌써 와 있었다. 남편은 잔소리를 엄청나게 했다. 뭘 했는지는 묻지 않았다. 그때 문자가 왔다.

–잘 들어갔어?

은철이었다. 나는 은철이처럼 편한 마음이 든 이성친구는 처음이었다. 그래서 내일도 만나자고 했다. 그런데 답장을 보내자마자 남편이 봤다.

"뭐해? 누구야? 폰 줘봐."

나는 남편의 이런 모습이 정말 싫었다. 마치 나를 못 믿는 것 같아 폰을 보여줬다. 남자이름이 적혀 있고 내일 또 만나자는 문자내용에 남편은 화가 단단히 났다.

"내일은 아무 데도 못 가! 집에 딱 박혀 있어!"

나도 화가 나서 대꾸를 했다.

"나를 못 믿어서 이러는 거야? 난 친구도 못 만들어?"

우리는 처음으로 부부싸움을 했다. 그러곤 휴대폰을 빼앗겨 버렸다. 나는 울었고 남편은 방에 들어가 버렸다. 나는 남편이 조만간 나올 줄 알고 거실에서 계속 울었다. 하지만 남편은 나오지 않았고 나를 못 믿어주는 남편에게 화가 난 나는 작은 방으로 향했다. 거기서 잠을 청하려고 눕다가 상자에 머리를 부딪혀 버렸다. 고통과 서러움이 한꺼번에 몰려와 또 다시 눈물이 흘렀다. 남편에 대한 원망이 극에 달해 버렸다. 모든 것이 다 남편 때문이라는 생각이 들었다.

아침에 힘겹게 눈을 떴다. 바닥에서 잠을 자니 눈뜨기가 힘들었다. 지금쯤이면 남편도 화가 풀렸을 것 같아 조심스레 방을 나가 보았다. 남편은 설거지를 하고 있었다. 그 말은 혼자 밥을 다 먹었다는 것이었다. 정말 섭섭했다. 그러면서 한편으로는 확 바뀐 남편의 태도에 겁도 조금 났다. 빨리 이 집을 나가고 싶었다. 하지만 밖에는 비도 올 뿐더러 휴대폰도 남편에게 빼앗겨서 친구들에게 연락도 하지 못하는 상황이었다. 그때 문득 은철이와 잡은 약속이 떠올랐다. 나는 거실에서 TV를 보며 기회를 엿보고 있었다. 남편의 회사는 출장을 갔다가 오면 그 다음날은 하루 동안 쉬게 해줘서 남편은 하루 종일 집에 있었다. 기회는 좀처럼 나지 않았다. 시간이 흐를수록 나는 초조해져 갔다. 해가 지기 시작하자 나는 거의 밖에 나가기를 포기하는 쪽으로 마음을 정리하기 시작했다. 그때 남편이 화장실에 들어갔다. 지금이 아니면 더 이상 기회가 없다는 생각으로 남편의 책상 위에 있던 내 휴대폰을 움켜쥐고 집 밖으로 달려 나왔다. 휴대폰을 보니 벌써 문자가 와 있었다. 나는 답장을 해주고는 포장마차로 향했다. 은철이도 금방 왔다. 그는 내 맞은편에 앉았다. 내 이마의 멍을 보더니 왜 생겼냐고 물었다. 나는 남편과 싸워서 다른 방에서 자려다 상처난 것이 창피해서 아무것도 아니라고 대답했다. 하지만 그의 표정은 심각해졌고 나는 그런 분위기가 싫어서 얼른 화제를 바꾸었다. 그래도 그는 얘기하는 내내 다른 생각을 하는 듯했다. 어느덧 2시간 가량이 흘러 남편 생각이 났고, 동시에 불안감이 생기기 시작했다. 더군다나 은철이는 다른 곳에 정신이 팔려 내 얘기에는 집중하는 것 같지도 않아 재미도 없었다. 나는 집에 가기로 마음을 먹고 일어났다. 은철이는 어느 정도까지 데려다 주고 집으로 갔다. 집 앞에 서니 막상 겁이 났다. 이번에는 잘못을 인정하고 사과하려는 마음을 가지고 집으로 들어갔다. 집안은 무척이나 조용했다. 안방 문을 조심스레 열어보니 남편은 나를 기다리지도 않고 먼저 자고 있었다. 그 뒷모습을 보니 너무 섭섭하고 마음이 상했다. 물론 내가 잘못해서 초래한 일이라는 것은 나도 알지만 막상 날 기다리지 않는 남편의 뒷모습을 보니 앞으로의 일이 너무 막막하게 느껴졌다. 나는 어제 잤던 그 작은 방으로 다시 향했다.

한 시간 정도 지났을까.

누군가가 나를 흔들어 깨웠다. 나는 내심 남편이

"큰방으로 와서 자."

라고 해주길 바라며 돌아봤다. 하지만 그곳에는 놀랍게도 은철이가 있었다.

'얘가 여기 왜 있는 거지? 꿈인가?' 싶어 멍하게 쳐다만 보고 있었다. 은철이가 나에게 말했다.

"설명은 나중에 해줄게. 일단 여기서 나가야 돼."

나는 무엇인가를 말하려고 했지만 은철이가 내 손목을 꽉 쥐고 달리는 바람에 아무 말도 하지 못하고 끌려갔다. 그는 나를 집 근처 여관으로 데려갔다. 나는 갑자기 무슨 일이냐고 물었고 그는 자세히 말해 주었다. 믿기지가 않았다. 며칠 전만 해도 나와 사랑을 말하며 즐겁게 웃던 사람이, 어제까지만 해도 나를 걱정해 주던 사람이, 방금 전까지만 해도 침대에 누워 자던 사람이, 내 남편이라는 사람이 내 곁을 떠나다니……. 마지막 뒷모습이 너무 미안해서, 잊히지 않아서 눈물이 흘렀다. 그러자 그가, 내 남편을 죽인 살인범이 내 손을 잡았다. 그에게 손이 잡히는 순간 나는 온몸에 소름이 돋았다. 그는 내게 이렇게 말했다.

"미안해, 예은아. 내가 너를 사랑하기에 지켜보고 있을 수만은 없었어."

나는 무슨 소리인가 싶어 그를 쳐다보았다. 그가 분명히 나에게 사랑한다고 말했다. 그리고 지켜보고 있을 수만은 없었다는 게 무슨 소리인가 싶었다.

그런데 그가 더 말했다.

"우리 멀리 멀리 가서 새롭게 시작하자."

이 말을 듣는 순간 정신이 멍해졌다. 그리고 그 순간 칵테일바에서 들은 이야기가 떠올랐다. 나는 모든 것이 이해가 되기 시작했다. 그가 내 오른쪽 이마의 멍을 보고 심각해진 이유, 내 남편을 죽인 이유 등이 화살처럼 머리에 날아와 박혔다. 그는 내 손에 묻은 피를 보고는 화장실에 손을 씻으러 갔다. 기회는 이때뿐이라는 생각에 그의 휴대폰으로 경찰에 신고했다. 그는 손을 다 씻고서 문을 열었다. 방에 들어오지 않기를 간절히 바라면서 그를 쳐다보았다. 그런데 그는 날 보며 웃었다. 정말 무서워서 도망가고 싶었지만 방에서 나갈 수 있는 곳은 그가 서 있는 작은 문뿐이라 가만히 있을 수밖에 없었다. 그 순간 경찰들이 나타나 그를 체포했다. 나는 그가 방에 들어왔으면 어떤 상황이 벌어졌을지 생각하다가 그와 눈이 마주쳤다. 그는 경찰에게 끌려 나갔고 나는 경찰의 보호를 받으며 밖으로 나갔다. 경찰이 말했다.

"경찰서에 같이 가주셔야 됩니다."

남은철

내가 경찰서에 도착한 뒤 얼마 지나지 않아 예은이도 도착했다. 나는 그녀가 모습을 드러내자마자 달려들었다. 하지만 책상과 연결된 수갑은 그것을 허락해 주지 않았다. 나는 도대체 왜 그녀가 신고를 했는지 궁금했다. 곧이어 진실을 밝힐 시간이 왔다. 하지만 그녀의 손에 남은 남편의 핏자국에 찍힌 내 지문 등 모든 증거가 나를 범인임을 가리키고 있어 나의 말은 받아들여지지 않았다. 거기다가 그녀가 내게 정신병이 있다고 증언해서 정신병원에 수감될 위기까지 왔다. 생각해 보면 그녀는 잘못한 게 없었다. 나 혼자 그녀의 멍을 보고 옛날의 아픈 기억에 사로잡혀 살인을 저지른 것일 뿐이었다. 내가 저지른 잘못과 착각을 뉘우치게 되니 모든 것을 포기하고 싶어졌다. 그래서 나의 잘못들을 인정하고 정신병까지 시인했다.

재판은 꽤 빨리 끝났다. 나는 정신병이 있다는 이유로 교도소가 아닌 정신병원에 수감되기로 결정이 났고, 형량은 8년이었다. 옥살이를 얼마나 하든지 나는 포기하고 마음 편히 살기로 마음먹었다.

김예은

경찰서에 도착했다. 도착하니 은철이가 나에게 달려들려고 했다. 나는 놀라 소리를 질렀지만 그의 손목에 걸려 있는 수갑 덕분에 나에게 다가오지는 못했다. 나는 손에 묻은 남편의 피를 경찰에게 보여줬고 경찰은 거기서 은철이의 지문을 얻었다. 하지만 마음이 무거웠다. 잠시였지만 즐거웠던 기억이 그를 너무 불쌍하게 만들었다. 그래서 나는 그가 정신병이 있다고 증언했다. 그러면 교도소보다는 시설이 더 좋은 곳으로 갈 것이라고 생각했기 때문이다.

재판은 생각보다 빨리 끝났고 나는 집으로 돌아가 짐정리를 시작했다. 오랜만에 돌아온 집은 너무나도 낯설었다. 경찰들이 조사를 한다고 돌아다녀서 그런지 아니면 너무 오래 떠나 있어서 그런 건지 아니면 이제 남편이 없다는 것이 떠올라서인지 집에 머물기가 싫었다. 그래서 이사를 결정했고 집에 있는 옷가지와 내 물건들을 챙기려고 다시 들렀다. 화장품과 옷가지들을 챙기고 가려는데 작은방이 눈에 띄었다. 나는 내 이마가 찍힌, 어쩌면 모든 사건의 발단이 된 그 방을 마지막으로 열어보았다. 은철이가 잘못을 빨리 인정했기 때문일까, 작은방은 경찰들의 손길이 미치지 않은 듯했다. 나는 내가 누웠던 자리를 보면서 그가 나를 깨우던 그때를 생각하고 있었다. 그런데 그가 서 있었던 곳의 구석에 신문지 뭉치가 떨어져 있었다. 그 신문지 뭉치에는 검은 얼룩이 묻어 있어 혹시나 싶어 보았다. 그 검은 얼룩은 남편의 피였다. 소름이 끼치기도 했지만 그럼에도 불구하고 강렬한 호기심에 한 번 펼쳐 보았다. 신문지를 펼치는 순간 종이가 한 장 떨어졌고, 난 그 종이를 펼치는 순간 다리에 힘이 풀려 주저앉고 말았다.

–예은아, 네가 이 편지를 볼 때면 나는 아마 재판을 다 받고 교도소로 가 있겠지? 난 단지 미안하다고 말하고 싶어. 너의 멍을 보는 순간 나는 나의 아버지가 떠올랐고 너는 마치 내 어머니인 것처럼 느껴졌지. 나는 견딜 수가 없었어. 왜냐하면 네가 나의 어머니처럼 자살을 할 거라는 생각이 내 온몸에 퍼졌거든. 그래서 난 결심을 했어. 이게 나쁜 짓이고 너에게 불행을 안겨준다는 것을 알면서도…….

이 편지로 너에게 사죄 받겠다는 생각은 조금도 없어. 단지 짧았지만 날 행복하게 해줘서 고맙다는 말을 하고 싶었어. 정말 미안해.

My Bloody Valentine _Good Charlotte

Oh my love please don' t cry

I' ll wash my bloody hands and we' ll start a new life

I ripped out his throat / And called you on the telephone to / Take off my disguise

Just in time to hear you cry / When you

You mourn the death of your bloody valentine

The night he died

You mourn the death of oyur bloody valentine

One last time

Singin / Oh my love please don' t cry

I' ll wash my bloody hands and we' ll start a new life

I don' t know much at all

I don' t know wrong from right

All I know is that I love you tonight

There was police and flashing lights

The rain came down so hard that night and the

Headlines read "A lover died, no telltale heart was left to find" / When you

You mourn the death of your bloody valentine

The night he died

You mourn the death of your bloody valentine

One last time

Singin / Oh my love please don' t cry

I' ll wash my bloody hands and we' ll start a new life

I don' t know much at all

I don' t know wrong from right

All I know is that I love you tonight (tonight)

He dropped you off I followed him home

Then I stood outside his bedroom

Standing over him he begged me not to do

What I knew I had to do

Cuz I' m so in love with you

Oh my love please don' t cry

I' ll wash my bloody hands and we' ll start a new life

I don' t know much at all

I don' t know wrong from right

All I know is that I love you tonigh (TONIGHT!)

첫사랑

_1학년 권기웅

써니사이드, '첫사랑'

아버지의 직장으로 미국에서 10년 동안 산 나는 오랜만에 한국을 다시 찾게 되었다. 아버지의 일이 잘 마무리되어 한국에서 다시 학교를 다니게 된 것이다. 한국에서 태어났지만, 한국 땅을 밟을 기회는 그렇게 많지 않아서 기대 반 설렘 반의 마음이다. 9살까지 한국에서 한국말을 사용하였지만, 미국에서는 한국말을 되도록 자제했는데, 내일 다시 한국으로 돌아갈 생각을 하니 한국말을 연습해 보아야 할 것 같았다. 한국말로 자기소개를 하는, 거울에 비친 나를 보니 어색했다. 그리고 한국친구들은 날 어떻게 대할지도 매우 궁금하였다. 미국에서 친구란 어렵고 다가가기 힘든 존재였다. 내가 매우 내성적인 아이였기 때문에 친구들에게 말을 거는 것은 크나큰 숙제였다. 미국에서의 학교생활은 매우 평범하였다. 운동을 좋아하지 않는 나는 대신 미술과 음악을 좋아했다. 합창부에 들 마음도 있었지만, 용기가 없었기 때문에 신청서는 내 책상 서랍에 조용히 간직될 수밖에 없었다.

한국에 도착해서 새로 배정된 학교로 갔다. 이번에 다닐 학교는 예술고등학교였다. 아버지와 어머니는 내가 많은 친구를 사귀기를 바라셨기 때문에, 내가 원하는 예술고등학교로 보내주셨다. 처음 학교에 도착하니 조금 낯설었다. 미국학교는 큰 운동장에 차가운 바람을 맞아야 했기에 마음이 공허하였지만 여긴 왠지 달랐다. 아늑한 운동장, 그리고 차가운 바람보다는 따스한 햇살이 가득했다. 왠지 모르게 기분이 좋아지며 발걸음은 가벼워졌다. 그렇게 나는 이제 막 고등학교 3학년이 된 친구들과 담임 선생님을 만나러 갔다. 담임선생님은 나를 무척이나 반겨 주셨다. 선생님과 교실로 들어가는데 왠지 모르게 가슴이 두근거리며 심장이 크게 뛰었다. 교실로 들어가자 아이들은 매우 웅성거리는 분위기였다. 첫 학기라서 설렘으로 가득 찬 얼굴들이었다. 담임선생님은 날 소개해 주셨다.

"자, 얘들아. 오늘 첫 학기에 새로 전학 온 친구야. 미국에서 10년을 지내다 왔고, 한국에서는 어렸을 때 살아서 아직 이곳이 익숙하지는 않을 거야. 니들이 많이 도와주고 친하게 지내라."

선생님의 말씀이 끝난 후 아이들은 동물원의 동물을 보듯 신기한 눈빛으로 날 보았다.

"안녕하세요. 잘 부탁드립니다. 진우라고 불러주세요."

아이들은 매우 밝은 표정으로 날 반겨 주었다.

나는 창가쪽, 진희라는 여자아이 옆에 앉았다. 그녀는 나에게 눈길을 주지 않았고 나도 그녀에게는 말을 걸지 않았다. 점심 시간이 되자 아직 친구가 없는 나는 혼자 밥을 먹었다. 그런데 내 옆자리 짝꿍인 진희도 홀로 밥을 먹고 있었다. 바로 옆에서 어색하게 밥을 먹고 있었지만 왠지 기분은 나쁘지 않았다. 하교시간. 선생님이 부르셔서 교무실로 내려가 꽤 시간이 흐른 후 가방을 가지러 올라왔다. 그런데 진희도 그때까지 남아 있었다.

"왜 아직까지 있어?"

"음……. 오늘은 혼자 가지 않아도 될 거 같아서."

그 말을 듣고 짐작했다.

'진희도 친구가 없는 아이로구나.'

그래서 진희와 함께 하교를 하였다. 걷다가 놀이터를 발견해 잠시 그네에 앉아서 이야기를 나누었다.

"여긴 어때?"

"좋아. 미국보다는 덜 외로워."

이 말을 듣고 진희는 잠시 깊은 생각에 잠기는 듯하였다.

"외로움이 예전엔 아팠었는데, 이제는 익숙해져서 사실… 외로운지도 모르겠어."

그 말을 듣고 나는 진희의 얼굴을 말없이 바라보았다. 마치 슬픔 속에서 웃고 있는 광대 같다는 생각이 문득 들었다. 한국에도 나와 같은 아이가 있구나 생각하며 왠지 모를 동질감을 느꼈다. 우리는 점점 가까워졌고 서로에 대해 더 많이 알아가게 되었다.

어느 날 합창부를 뽑는다는 소식에 음악실로 바로 달려갔더니 그 곳에는 진희도 있었다. 우리는 그렇게 오디션에 도전하였다. 오디션 날이 되었다. 내 차례가 되어 들어가자 심사위원들이나에게 물었다.

"신청한 계기는 무엇인가요?"

"저는 음악을 좋아하는 학생입니다. 미국에서 합창부를 할 계기가 있었지만, 그땐 선택하지 않았습니다."

"왜 그랬죠?"

"그때는 용기가 없어서 제대로 도전하지 못했었는데, 이번에는 꼭 이 학교에서 합창을 하고 싶습니다."

심사위원들은 나의 솔직한 고백에 고개를 끄덕이며 이해해 주었다. 시간이 흘러 발표날이 되었다. 긴장된 마음으로 공지문에서 내 이름을 찾았다. 이름이 거기 있었다. 반으로 돌아가자 진희의 얼굴이 맨 먼저 보였다. 말을 걸려고 다가가자 진희는 급하게 자리를 피했다. 순간 진희가 오디션에 합격하지 않은 걸 알 수 있었다. 집에 가려고 진희를 기다렸다. 한참을 기다리니 진희가 문을 열고 들어왔다.

"왜 이제 와? 한참 기다렸는데……."

진희는 울먹이는 목소리로

"합창부 꼭 가고 싶었는데 그렇지 못해서 너무 아쉬웠어. 그래서 합격한 네 얼굴을 볼 수가 없었어."

나는 아무 말도 할 수 없었다. 조용히 걸어가다보니 익숙한 놀이터가 나타났다. 그네에 앉았다. 한참이 지나 진희가 입을 열었다.

"내가 왜 합창부에 들어가고 싶어 하는지 알아?"

"……?"

"우리 엄마가 합창 소리를 참 좋아하셨어. 그리고 노래를 참 잘하셨고……. 그런데 이제는 그런 엄마의 모습을 볼 수가 없어. 그래서 엄마 대신에 내가 꿈을 이뤄 보려고 했는데 실패하고 말았어."

그렇게 우리는 서로의 아픔을 만져주었고 시간이 흘러 겨울이 되었다. 난 1년을 합창부에서 열심히 활동하였고 대회에서 값진 상들을 많이 받았다. 진희도 열심히 학교 생활을 하여 모범상도 받고 친구들도 많이 사귀게 되었다. 그러고는 그렇게 반갑지만은 않은 졸업식날이 되었다. 졸업식 노래가 들리고 마음이 갑자기 공허해졌다. 친구들은 하나둘씩 가족의 손을 잡고 학교를 떠나갔다. 학교 음악실에서 마지막 이별을 고하고 있던 때 진희가 들어왔다.

"여기 있을 줄 알았어. 왜 아직까지 여기 있어?"

나는 아무 말도 하지 않았다. 헤어짐은 더 이상 없을 거라고 생각한 나에게 졸업은 큰 충격이고 아쉬움이었다. 진희가 말없이 손을 잡아주었다. 그것이 마지막이었다.

우리 둘은 각자의 길을 걸어갔다. 아버지의 권유로 미국으로 돌아간 나는 학생들에게 음악을 가르치는 음악선생님이 되었다. 그렇게 하루하루가 지나가는 중 한국에서 한 통의 문자가 날아왔다. 고등학교 동창회에서 나를 초대한다는 내용이었다. 무척이나 가고 싶었지만 동창회를 위해 한국에 들른다는 것이 그렇게 쉬운 일은 아니었다. 집으로 돌아와 침대에 눕는 순간 그녀,

진희의 얼굴이 떠올랐다.

'고등학교 이후로 10년 동안 못 봤는데 과연 동창회에 나올까?'

나는 잠도 설치고 성인이 된 그녀의 모습만을 상상하였다. 다음날 학교에서 가서도 그녀 생각에 일이 손에 잡히지 않았다. 동창회는 내일이었다. 결국 나는 결심하였다. 동창회에 나가기로……. 교장선생님의 허락을 간신히 받아낸 후 빠른 발걸음으로 공항으로 향했다.

한국에 도착해 예전에 다니던 학교에 가니 반가운 친구들의 얼굴이 보였다. 기분이 좋아졌다. 다른 친구들과 인사를 나눌 겨를도 없이 그녀를 찾았다. 한참 만에 그녀를 찾아냈다. 좋지 않은 얼굴로 휴대폰을 쳐다보고 있는 그녀를 향해

"진희야, 오랜만이다."

라고 인사했다. 진희는 반가운 표정으로 내게 인사했고 곧 우리는 둘만의 시간을 가졌다. 서로의 삶에 대해서 이야기를 나누다 휴대폰 번호도 교환하였다. 그녀가 잠시 자리를 비운 사이 그녀의 휴대폰으로 문자가 왔다. 나는 평소의 나답지 않게 그녀의 휴대폰에 손을 대고 말았고 문자내용을 보고 말았다. 그녀에게 문자를 보낸 사람은 다름 아닌 그녀의 아들이었다.

"엄마, 언제 와? 기다리고 있어. 빨리 들어와."

잠시 뒤 진희는 자리로 되돌아왔다. 잠시 휴대폰을 만진 뒤 표정이 안 좋아졌으며 한숨을 쉬기 시작하였다. 진희가 말을 꺼내려던 순간 내가 먼저 진희에게 말했다.

"바쁜 일 있으면 먼저 가도 좋아. 그리고 애들도 잘 챙겨줘."

진희는 살짝 당황하는 듯했지만 다시 미소를 되찾았다. 그리고 서둘러서 우린 밖으로 나왔다. 그녀를 이렇게 보낸다는 것이 섭섭하기는 했지만 그녀의 뒷모습이 그렇게 예뻐 보였던 적은 처음이었다. 그리고 난 생각했다. 한국에 오기를 참 잘했다고……. 진희는 어떻게 생각할지 모르겠지만 나에게 진희는 가장 소중한 추억을 심어준 사람이다. 그러나 그녀는 이제 나에게 돌

아올 수 없다.

그렇게 한국을 뒤로하고 돌아오니 옛 추억이 떠올라 집안 구석구석을 뒤지기 시작하였다. 그리고 벽장에서 오래된 편지를 발견했다. 그것은 내가 미국으로 돌아가려고 할 때 마지막으로 진희가 내게 보내준 손편지였다. 추억에 가슴이 아파 눈물이 났다.

'첫사랑은 이루어지지 않는다.' 라는 말이 거짓말은 아닌 것 같았다. 하지만 이루어지지 않는 사랑은 큰 추억을 남긴다.

첫사랑_써니사이드

참 어설펐던 그 시절 수줍었던 첫사랑
옛 기억 속의 그 모습 그대론가요? 잘 지냈나요?
날 미소 짓게 하죠

시간이 얼마나 지난 걸까? 많은 게 변했는데
내 뽀얗던 피부도 늘어 난 주름마저도
널 아직 못 잊어 뭣대로 변했나봐
넌 어떻게 살고 있나? 너무 궁금해

밤이 다 갈수록 네 생각에 잠 못 이루고
손을 잡을 때는 왜 그렇게 떨렸었는지
기억해줄까 아름답던 날들 그 어렸었던 (너와 나) 정말 어렸었던

사랑한다고 그댈 좋아한다고 그댈 추억 속에 널 이젠 모두 남겨둬야 하는 건지
but I don' t know 난 아직도 널 그리워해 baby
I miss you baby girl 내 전부였던 사람

참 어설펐던 그 시절 수줍었던 첫사랑
옛 기억속의 그 모습 그대론가요? 잘 지냈나요?
날 미소 짓게 하죠 내 사랑

매일 앞 동네 공원에서 만나 주고받은 손편지들
한밤중에 울린 삐삐번호 486에 담긴 의미들
뜨거운 전화기를 잡고 불러주는 노래
용기를 내서 내게 전한 고백 '전람회 취중진담'
늘 항상 널 향해 뛰던 심장

사랑한다고 그댈 좋아한다고 그댈 추억 속에 널 이젠 모두 남겨둬야 하는 건지
but I don’t know 난 아직도 널 그리워해 baby
어디선가 이 노래를 듣고 있을 나의 첫사랑
참 어설펐던 그 시절 수줍었던 첫사랑
옛 기억속의 그 모습 그대론가요? 잘 지냈나요?
날 미소 짓게 하죠 내 사랑
I wanna go I wanna go 사랑했던 시절로
Go back! Go back!
오래된 사진처럼 빛바랜 너와의 약속
다 꿈만 같던 그 시절 간직하고 있을게
옛 기억들이 떠올라 늘 고마워요! 추억인거죠
우리 참 좋았었죠
참 어설펐던 그 시절 수줍었던 첫사랑
옛 기억속의 그 모습 그대론가요? 잘 지냈나요?
날 미소 짓게 하죠 내 사랑

Blue Moon

_2학년 백민기

Placido Domingo, 'Blue moon'

#1

난 큰 특징이 없는 평범한 회사원이다. 학창시절 공부는 전교에서 열손가락 안에 들 만큼 잘 했으나 가난했던 집안 형편 탓에 장학금을 타기 위해 내 수준보다 많이 낮은 대학교를 지원할 수밖에 없었다. 낮은 학벌일수록 무시하고 깔보는 사회에서 살아남기 위해 남들이 놀 때 난 공부하고, 남들이 공부할 땐 더더욱 공부하며 악착같이 살아왔다. 큰 목표나 꿈이 있어서가 아니었다. 그저 남들처럼 평범하게 살고 싶었다. 그러나 아무리 노력해도 나아지지 않는 생활이 반복될수록 내 자신이 점점 초라해지는 것 같았다. 좋은 부모 만나 좋은 대학 가서 떵떵거리고 있는 사람이 있는가 하면 동생을 낳다 돌아가신 엄마와 빚쟁이들한테 쫓기고 있는 아버지를 둔 나 같은 사람도 있다. 신은 공평하다? 그럴 수도 있다. 하지만 적어도 나에겐 전혀 가슴에 와 닿지 않는 말이다. 신은 불공평하다. 누군 좋은 부모 만나 교육 잘 받아 대학 잘 가서 떵떵거리며 사는데 누군 고아원에서 자라 돈 몇 푼 벌어보겠다고 허리 숙이고 자세 낮추고 구박받으며 살아가는데 세상이 공평하다고 할 수 있겠는가?

'띠링' 벌써 새벽 1시다. 보던 신문을 접고 곧 있으면 보름이라 달을 보려고 간만에 하늘을 보았지만 달은 내가 보기 싫은지 구름에 숨어 보일 엄두를 내지 않는다. 역시 신은 불공평하다.

#2

다음날 아침.

간단히 씻고 아침밥을 먹는데 전화가 왔다. 대출 받으라는 전화일 거라 생각했지만 수신번호를 보고 눈살이 찌푸려졌다. 동생 정식이었다. 작년 초여름 가난한 생활이 지긋지긋하다며 돈 벌어서 혼자 살겠다고 큰소리치고 집 안에 있는 돈 없는 돈 다 가져가 1년째 감감무소식이더니 이제야 연락이 왔다.

상우 : "야, 너 어디야?"

정식 : "……"

상우 : "전 재산 싹 털어가더니 벌써 돈 다 떨어졌어? 어? 재수 없게 왜 전화질이야!"

정식 : "형…"

상우 : "아버지가 그 때 얼마나 걱정하신 줄 알아? 너 같은 쓰레기새끼 찾는다고 비 오는 날에 동네방네 전단지 붙이고 다녀서 괜히 감기 걸리시고 밤잠도 설치며 몇 달 동안 너만 찾아다니셨어. 할말 있으면 해봐, 새끼야."

정식 : "아버지 실종되셨어… 경찰엔 신고했으니 오늘 정오까진 고향으로 내려와."

머리가 핑 돌았다. 아버지는 치매환자시다. 그렇게 심하진 않아 생활에 지장은 없었지만 여차하면 이웃집에 불이라도 지를 수가 있기 때문에 서둘러야 한다. 대충 옷을 입고 차키를 들고 밖으로 나왔다.

고향에 도착해 현관문을 열어보니 집안 꼴이 말이 아니었다. 아버지는 정식이가 떠난 후로는 사채 빚에 시달려 왔다. 이번에도 그런 듯했다. 유리창은 성한 것이 없었고 가구도 장작마냥 부서져 있었다. 기가 막혔다. 며칠 전만 해도 멀쩡했던 우리 집이 불과 며칠사이에 쓰레기장이 되어버렸다. 설상가상으로 아버지까지 실종되었으니 가슴이 찢어질 것만 같았다. 찢어진 소파 위에 앉아 고개를 숙였다. 눈물이 나올 것 같았지만 그냥 참았다. 이때까지 그래 왔으니까.

긴 시간이 지난 후 현관문 열리는 소리가 들렸다.

정식이었다.

정식 : "……. 저녁이나 먹으러 가자."

1년 만에 만난 정식과의 첫 대화였다.

#3

술을 못 마시는 편이었지만 오늘은 먹고 싶었다. 삼겹살이 먹고 싶었지만 아무리 돌아다녀도 삼겹살을 파는 가게는 보이질 않았다. 어쩔 수 없이 포장마차로 향했다. 늦은 밤이라 그런지 포장마차 안엔 앉을 자리가 몇 없을 정도로 사람이 많았다. 구석자리를 잡고 의자에 앉자마자 다리에 힘이 풀렸다. 좀 전에 너무 신경을 써서 그런 것 같았다.

상우 : "일은 하고 사냐?"

정식 : "입에 풀칠할 정도는 번다. 내가 학벌이 있나 스펙이 있나."

상우 : "그러냐?"

정식 : "어."

상우 : "무슨 일 하는데?"

정식 : "그냥 뭐 공사장."

대충 예상은 했었다. 고졸도 못한 촌놈이 제대로 된 직장을 구할 리가 없었다.

상우: "그럼 그렇지. 조그만 회사도 안 받아 주냐?"
정식: "고졸이라서 그런지 아무도 안 받아줘. 공사장이라도 만족해야지."

더 이상 할 말이 없어 벼르고 있었던 아버지 돈에 대해 물었다.

상우 : "아버지 돈은 어쨌어?"
정식 : "어…"

상우는 괴로운 듯 잠시 침묵하더니 담배를 꺼내 불을 붙이며 입을 열었다.

정식 : "도박하다가 다 날렸어."
상우 : "도박? 미쳤어? 아버지가 어떻게 번 돈인데……."

잠시 잊고 있었다. 내 동생은 아버지 돈을 모두 털어간 도둑놈이었다.

상우 : "이 새끼가 보자보자 하니까!"

나는 있는 힘껏 정식에게 주먹을 날렸다. 그러나 취기 때문인지 주먹이 허공만 갈랐다. 다시 휘둘렀지만 결과는 똑같았다. 괜시리 눈물이 났다.

상우 : "니가 어떻게 그 돈을 쓸 수 있어?"

정식 : "……. 미안하다."

아무 생각도 나지 않았다. 포장마차 안 사람들이 모두 쳐다볼 정도로 펑펑 울었다. 울어 봤자 아무것도 변하지 않을 것이란 걸 알고 있었다. 그것을 알면서도 난 실컷 울고 나면 아무 일도 없었던 것처럼 개운해질 것이라는 생각이 들었다.

#4

정신을 차리고 고개를 들어보니 포장마차 안이었다. 옛날에 힘들게 모았던 돈을 정식이가 도박으로 날렸다는 사실이 아직도 용서가 되지 않았다. 한편으론 힘들게 살고 있는 정식이가 안타깝기도 했다.

상우 : '그래, 이미 잃은 걸 어쩌겠어.'

상우는 큰 맘 먹고 정식을 용서하고 한 번 안아 주려고 했다. 고개를 들었는데 정식은 포장마차 밖에서 누군가에게 안긴 채 울고 있었다. 누군가 싶어 밖에 나가보니 아버지였다. 아버지의 작은 눈에는 눈물이 맺혀 있었다. 아버지에게 아무것도 묻지 않았다. 그렇게 우리 세 부자는 한참을 껴안고 눈물을 흘렸다.

그리고 하늘을 쳐다보니 구름에 가려져 보이지 않았던 보름달은 어느새 푸른색으로 변해 우리 세 부자를 비추어 주고 있었다.

—The End

Blue moon(푸른 달의 밝은 미소) _Placido Domingo

Blue moon
you saw me standing alone

블루 문, 너는 내가 혼자 서 있는 것을 보았지

Without a dream in my heart
without a love of my own

가슴 속에 꿈이라곤 없이
사랑도 없이

Blue moon
you knew just what I was there for

블루 문, 너는 왜 내가 거기 있는지 알고 있었어

You heard me
saying a prayer for

나의 기도를 들었으니까

someone I really could care for

정말 내가 아껴줄 사람을 찾는 기도

And then you suddenly
appeared before me

그리고 그때 갑자기 내 앞에 나타났던 건

the only one my arms could ever hold
I heard somebody whisper

내가 품에 꼭 안을 오직 한 사람
나는 누군가 속삭이는 것을 들었어

'please adore me'

"나를 사랑해줘"

But when I looked that
moon had turned to gold

그리고 쳐다 보았더니 달은 금색으로 변해 있었지

담배 가게 아가씨

_1학년 백규빈

송창식, '담배 가게 아가씨'

"야! 임마. 숭정아. 빨리 가현이한테 가서 막걸리 두 병 받아 온나. 빨리."

"할배. 숭정이가 아니라 승정이라니까."

제 이름은 박승정입니다. 하지만 이씨 할배는 항상 나보고 숭정이라고 합니다. 참나. 항상 말해 줘도 못 알아듣습니다.

"에잇. 염병, 숭정이나 승정이나. 시끼야, 빨리 막걸리나 사 와!"

"빨리 한 판 더해, 김씨."

할배가 또 조씨 할배와의 내기 장기에서 졌나봅니다. 할배는 매번 내기에서 지고 술을 삽니다. 도대체 할배는 왜 그렇게 술내기를 하는지 모르겠습니다. 이기지도 못 할 거면서……. 그래도 싫지는 않습니다. 왜냐면 할배가 심부름을 시킬 때마다 가현이의 얼굴을 볼 수 있으니까요.

"할배, 내 다음부터는 진짜 안 간디. 이번 한번만 마지막으로 들어주는 기다. 내 이제 또 가면 가현이한테 또 혼난다. 알겠제?"

사실 제가 이렇게 보여도 한때는 동네에서 유명한 똑똑이었는데, 동네 바보 영찬이가 뒷산에 밤 따러 가자고 꼬셔서 같이 가다가 뒷산에서 굴러서 이 지경이 됐지 뭐예요. 그때 그 멍청한 놈만 따라가지 않았어도 이런 취급은 받지 않을 텐데…….

저기 보이는 저 담뱃가게가 이씨 할배의 가게입니다. 할배는 이제 나이가 들어 마을 정자에서 놀기만 하고, 할배 대신 손녀인 가현이가 가게를 대신 맡습니다.

"가. 가현아, 가현아. 할배 또 졌다."

저쪽 모퉁이에서 가현이의 목소리가 들립니다.

"잠깐만 있어봐라. 아, 망뚱어 자식아. 좀 꺼지라니까! 싫다면 싫은 줄 알 것이지."

옆 동네 사는 준기가 왔나 봅니다.

준기랑 영찬이는 매일같이 가게에 와서 가현이에게 작업을 겁니다. 그럴 때마다 가현이의 표정은 TV에서만 봤던 사냥개를 닮아 나도 모르게 무서워 집니다.

망뚱어 자식은 왜 항상 와서 내가 가현이에게 무서움을 느끼게 하는지 모르겠습니다. 인생에 도움이 된 적이 없는 것 같습니다.

"그래, 망뚱어 자식아. 좀 꺼져라."

제가 목에 힘을 주고 이야기하니 준기가 흠칫합니다. 그러더니 잘 한 것도 없으면서 나에게 더 크게 소리칩니다.

"싫은데 바보야. 평생 술이나 날라라."

아. 망뚱어 자식. 나름 가현이 앞이라고 소리치나 봅니다.

가현이 앞에서 지는 모습을 보이기 싫었지만 한마디 더 했다가는 둘 다 쫓겨날 것 같아 제가 참습니다. 지는 것이 이기는 것이기도 하니까요.

"가현아, 빨리 가야 될 것 같은데?"

"아, 미안. 여기. 그리고 다음부터는 아무것도 없다고 꼭 전해줘."

가현이에겐 그 말을 꼭 전해 주기로 하고 나왔습니다.

"에이씨, 할배! 이제 할배가 가요. 가현이가 술 더 안 줄 거래."

제가 투덜거리니 장기알 하나가 내 이마에 날아옵니다. 얻어맞기 싫으면 조용히 가는 게 상책인 것 같습니다.

이 나이 먹고 하는 것 없이 동네만 맴돌고 있다 보니 동네 개들의 이름은 다 알고 있습니다. 오늘은 영찬이네 누렁이랑 놀아야겠습니다.

"누렁아. 누렁아."

제 목소리만 들으면 반갑게 꼬리를 흔들며 맞아주던 누렁이가 오늘은 웬일인지 짖지 않습니다.

"누렁아, 어디 있노?"

불현듯 아까 할배들이 먹고 있던 고기가 생각납니다.

'혹시 아까 할배들이 장기두면서 먹던 고기가?'

그런 일이 없기를 바라며 할배에게 뛰어갑니다.

"할배. 할배! 이거 혹시 누렁이가?"

할배가 대수냐는 듯 고개를 끄덕입니다.

"왜 묵고 싶나? 싫은데, 내가 다 묵을 낀데? 이걸 니한테 와 주는데?"

"내 이제 할배말 안 들을끼다!"

아. 오늘 친구를 한 명 잃었습니다. 기분 전환 겸 시장에 먹을 거나 사러 가야겠습니다.

'하, 누렁아. 좋은 곳으로 가라.'

할배가 얄밉게 쩝쩝거리며 누렁이 먹는 생각을 하며 걷고 있는데 가현이네 가게가 시끄럽습니다. 무슨 일인가 하는 순간 유리창이 박살납니다.

'아, 가현이한테 무슨 일 난 거 아니가? 아, 근데 나도 가기 무서운데……. 에라이, 모르겠다.'

있는 힘껏 달려가서 소리칩니다.

"야! 이 개자식들아, 뭐야!"

하는 순간 아차 싶습니다.

옆 동네 깡패들입니다.

'아, 오늘 진짜 왜 이런 일들만 있나?'

깡패들이 하나둘 이쪽으로 걸어옵니다.

'맙소사!'

"야! 박승정, 일어나라. 밥 먹으러 가자. 4교시 다 끝났다."
옆자리 영찬이가 승정이를 깨웁니다.
"인마, 뭐하는데? 지 혼자 자면서 비명이나 지르고……. 머리 다쳤나?"
'아, 무슨 이런 꿈이 있나?'
"야! 같이 가자."

담배 가게 아가씨 _송창식

우리 동네 담배가게에는 아가씨가 예쁘다네
짧은 머리 곱게 빗은 것이 정말로 예쁘다네
온 동네 청년들이 너도나도 기웃기웃기웃
그러나 그 아가씨는 새침떼기
앞집의 병열이 녀석은 딱지를 맞았다네
만화 가게 용팔이 녀석도 딱지를 맞았다네
그렇다면 동네에서 오직 하나 나만 남았는데
아! 기대하시라 개봉 박두
다음날 아침 일찍부터 담배 하나 사러가서
가지고 간 장미 한 송이를 살짝 건네어 주고
그 아가씨가 놀랄 적에 눈싸움 한 판을 벌인다.
아 자자자자자자자자 아 그 아가씨 웃었어
하루 종일 가슴 설레이며 퇴근 시간 기다렸지
오랜만에 말끔히 차려입고 그 아가씰 기다렸지
점잖게 다가서서 미소 띠며 인사를 했지
그러나 그 아가씬 흥 콧방귀
그렇다고 이대로 물러나면 대장부가 아니지
그 아가씨 발걸음 소리 맞춰 뒤따라 걸어간다.
틀려서는 안 돼지 번호 붙여 하나 둘 셋
아 위대한 손 나의 끈기 바로 그때 이것 참 야단났네
골목길 어귀에서 아랫동네 불량배들에게 그 아가씨 포위 됐네
옳다구나 이 때다 백마의 기사가 나가신다.
아자자자자자자자자자 으 하늘빛이 노랗다
우리 동네 담배가게에는 아가씨가 예쁘다네
지금은 그 때보다도 백배는 예쁘다네
나를 보며 웃어주는 아가씨 나는 정말 I LOVE YOU
아자자자자자자자 아 나는 지금 담배 사러 간다.

첫사랑 공식

_1학년 김찬섭

버스커버스커, '첫사랑'

손님들은 이미 돌아갔다. 가게에 남은 사람은 나와 대현, 그리고 영범뿐이었다. 우리는 커피와 과자를 가져와 이야기를 시작했다. 오늘 커피가 어느 정도 팼느니 하는 따분한 이야기들이 평상시와 같이 오갔다. 그러다가 오늘 손님들 중에서 한 손님이 나의 첫사랑과 닮았다는 대현의 이야기가 시작되더니 어느새 이야기는 우리들의 첫사랑을 주제로 흘러가고 있었다.

"내 첫사랑은 정말 외국배우 못지 않을 만큼 예뻤어."

라고 영범이가 커피를 홀짝거리며 이야기했다. 그러나 나는 영범이의 첫사랑을 알고 있었다. 내 기억 속의 그녀는 그렇게 예쁘지 않았기에

"절대 그건 아니지. …… 내 첫사랑은 정말로 짧고 뜨거웠지."

라고 말했다. 그러면서 그때의 기억이 연기처럼 피어오르기 시작했다.

나는 그 당시 17살이었다. 그것은 2013년 1월의 일이었다. 고등학교에 들어가기 전 영어공부가 많이 필요할 것 같아 유명한 영어학원에서 특강을 받았다. 나는 그때 운동 겸 살을 빼기 위해 학원 앞에서 버스를 타지 않고 20분 정도 걸어가 어느 작은 교회 앞 버스정류장에서 버스를 탔다.

여느 때와 같이 학원을 마치고 정류장으로 가고 있었다. 그러던 중 길에서 어느 여자아이와 마주쳤다. 그녀는 내 친구 영민이의 여자친구였던 아라였

다. 나는 그녀를 중학교 3학년 때 축제에서 처음 보았다. 나는 그녀에게 한눈에 반해 버렸지만 내 친구의 여자친구였기에 도저히 고백할 자신이 나지 않았다. 그래서 그 때는 그녀에 대한 마음을 포기할 수밖에 없었다. 그런데 이렇게 갑자기 만나게 된 것이었다.

"안녕?"

그녀가 먼저 나에게 인사를 했다. 나는 그녀의 갑작스러운 반응에 당황하여 말을 더듬었다.

"어… 어 안녕."

그녀는 학교를 마치고 집에 가는 중이라고 했다. 마침 방향이 같아서 이야기를 하며 걸었다. 그러다가 그와 어떻게 되어 가는지 궁금해졌다.

"요… 요즘도 영민이랑 잘 돼가?"

"아니, 우리 헤어진 지 좀 됐어."

그렇게 잠시 정적이 흘렀다. 때마침 그녀 집 앞에 도착하자 '안녕!' 하며 집으로 들어갔다.

나는 그날 밤 한숨도 자지 못했다. 그녀와 내일 다시 본다는 게 너무나도 설레었기 때문이다. 친구에게 너무나 미안했지만 한 번이라도 고백해 보고 싶은 마음에 내일 바로 내 마음을 이야기하기로 마음을 먹었다.

다음날, 나는 장미꽃 한 송이를 사서 가방 옆에 숨기고 그녀에게 달려갔다. 그녀는 환하게 웃으며 나를 반겨주었다. 함께 많은 이야기를 나누며 길을 걸었고 어느새 그녀의 집 앞에 왔다. 그녀가 집으로 들어가려는 순간 '이번이 마지막 기회야!' 라는 생각에 마음 속에서 계속 맴돌던 말이 튀어나왔다.

"아라야! 나 실은 너를 좋아해. 그런데 네가 내 친구와 사귀어서 말을 못했어."

그녀는 약간 당황한 듯한 표정을 짓다가 갑자기

"그럼 나랑 사귈래?"

라고 물었다. 나는 그녀의 말에 너무 좋아서 아무 말 없이 고개만 끄덕였다.

다음날부터 나는 매일 그녀를 보러 갔다. 처음에는 정말 수줍어서 손도 잡지 못하고 서로 이야기만 했다. 하지만 비를 계기로 우린 가까워졌다. 어느 날 그녀를 보러 가는데 보슬비가 내렸다. 마침 우산이 하나였기에 서로 딱 붙어서 그녀를 집으로 바래다 주었다. 그때 이후로는 그녀에게 조금 더 자신감을 가지고 다가가게 되었다.

1월 15일, 나는 그녀를 만난 지 열흘 만에 그녀의 집 계단에서 그녀와 첫 키스를 하였다. 사람들 말로는 머리에서 종이 친다고 했는데 나는 종은 치지 않았다. 하지만 태어나서 한 번도 겪어보지 못한 느낌을 받았다.

그러면서 1월이 빠르게 지나갔다. 우리는 3월에 꽃비가 내리는 날 서로 만나기로 약속했다. 그러나 1월이 지나고 고등학교에 입학한 뒤로는 서로 연락도 하지 않게 되었다.

그렇게 3년 정도가 지나고 수능을 친 뒤 그녀를 다시 찾아보았지만 이사 갔다는 소식만 들려왔다. 나는 그녀를 잊을 수 없었다. 내가 만난 다른 여자들에게는 미안하지만 나는 다른 여자들을 만나면서도 그녀를 생각하였다.

"아, 나는 지금도 아라를 잊지 못해."

대현이와 영범이는 그냥 말없이 내 이야기를 듣다가

"우리가 같이 찾아줄까?"

"요즘은 인터넷으로 쉽게 찾을 수 있을 거야."

하면서 휴대폰으로 그녀를 찾기 시작했다. 정말이지 얼마 지나지 않아 친구들은 그녀를 페이스북에서 찾아냈다. 그녀는 서울에 거주하고 있었다. 나는 그녀를 만나고 싶어 다음날 아침 기차를 타고 바로 서울로 올라갔다.

그녀는 작은 꽃집을 운영하고 있었다. 그녀를 발견하고는 말없이 달려가 놀래켜주려고 했다. 그런데 그녀 옆에서 갑자기 한 남자가 나타나 그녀를 껴안았다. 나는 그를 보고 멈칫했다. 그는 바로 영민이었던 것이었다. 머리가 백지가 된 듯이 새하얘졌다. 그러고는 그 자리에서 몰래 도망치고 말았다.

그 일이 있은 뒤로 나는 그녀에 대한 마음을 포기하고 그냥 다른 사람을 만나며 살아가기로 마음먹었다. 정말로 첫사랑은 이루어질 수 없구나 뼈저리게 느끼면서…….

첫사랑 _버스커버스커

처음 널 봤을 때 왠지 다른 느낌
너와 함께 말하고 싶어 웃을 때마다 이 마음을 알아가
이젠 널 볼 때마다 나의 맘이 너무나 커져 이젠 나의 시간은
항상 너와 웃으며 이 밤을 그리워하며 하루를 아쉬워하며
또 너를 기다리겠지

나는 어떡하죠 아직 서툰데
이 마음이 새어나가 커져버린 내 마음이
자꾸만 새어나가

네가 없을 땐 왠지 아픈 느낌
이 마음을 전하고 싶어 눈을 감으면 또 네가 떠올라
이젠 숨 쉴 때마다 네 모습이 너무나 커져 이젠 나의 사랑은
항상 너와 웃으며 이 밤을 그리워하며 하루를 아쉬워하며
또 너를 기다리겠지

나는 어떡하죠 아직 서툰데
이 마음이 새어나가 커져버린 내 마음이 / 자꾸만 새어나가

아름다운 그대여 참아보려 했지만
어두워지는 밤과 외로움 알겠네 예

어떡하죠 아직 서툰데
이 마음이 새어나가 커져버린 내 마음이
자꾸만 새어나가 조금만 더 / 그대를 참아보려 했지만
커져버린 내 마음과 커져가는 니 마음이

어머니

_1학년 권순일

god, '어머님께'

지구온난화로 인해 여름이 더 더워진 2040년.

나는 서울 평범한 직장에서 일하면서 가정도 꾸리며 살고 있다.

'따르릉 따르릉.'

"여보세요. 어, 엄마, 어, 어. 언제 한번 찾아갈게. 아프면 미련하게 참지 말고 말하고. 돈은 받았지? 어, 나 바빠. 끊어. 더우니깐 밖에 돌아다니지 말고."

난 이렇게 어머니의 말을 자르고 내 할 말만 하고 바쁘다는 핑계로 전화를 끊어버렸다. 집에 돌아가는 길에 포장마차에서 엄마가 제일 좋아했던 어묵을 보니 옛날 생각이 났다.

2013년 대구. 우리 엄마는 자신에게는 검소하지만 자식들에게는 그렇지 않으셨다. 항상 우리 형제들에게는 모든 것을 가지게 했고 그 덕분에 우리는 부족한 것 없이 자랐다. 그러던 어느 날, 방에서 엄마와 아빠가 싸우는 소리가 났다. 이유는 돈이었다. 난 그 소리를 듣고도 정신 못차리고 다음날 엄마에게 휴대폰 바꿔달라고 어리광을 부렸다. 엄마는 안 된다고 하셨다. 나는 토라져서 엄마를 다른 엄마들과 비교하며 온갖 짜증을 다 부렸다. 몇 주 후 자고 일어나 보니 내 방에는 새 휴대폰이 있었다. 나는 기분이 좋아져서 엄마를 찾았다. 하지만 엄마는 없었다. 형에게 엄마 어디 갔냐고 물으니 아침 일찍

나가셨다고 했다. 몇 시간 뒤 집으로 전화 한 통이 걸려왔다.

"여기 병원인데요. 지금 어머님께서 좀 다치셨어요."

나는 놀라서 형과 함께 병원으로 달려갔다. 엄마는 다리를 조금 삐었다고, 많이 아프지 않다고 말했다. 나는 그런 엄마에게

"멍청하게 아프면 아프다 하면 돼지 왜 맨날 안 아픈 척해!"

라고 화를 냈다. 가만히 지켜보던 형이

"에휴. 생각 없는 놈아. 엄마가 왜 다쳤는지 알면서 그런 소리가 나오냐? 엄마가 니 휴대폰 사주려고 일하시다가 이렇게 되신 거 뻔히 알면서 그런 소리가 나오냐고!"

나는 그 순간 창피해지고 내 자신이 부끄러웠다. 그 후 나는 엄마가 나 때문에 힘든 일을 하게 될까 봐 물건 사달라고 보채지 않았다. 그리고 엄마의 삶에 관심을 가지기 시작했다. 그랬더니 엄마의 사정에 대해 조금씩 알게 되었다.

부모님이 버시는 돈은 늘 우리를 먹이고 공부시키는 데 들어갔다. 엄마는 다른 엄마들이 하나씩 가지고 있는 가방도 없이 늘 종이 가방에 물건을 넣고 다니셨고, 입을 옷도 별로 없어서 늘 같은 옷만 입고 다니셨다. 난 아무것도 모르고 항상 그런 엄마를 부끄럽게 여겼었다. 많이 부끄러워진 나는 용돈을 모아서 엄마에게 옷을 사드리기로 결심했다.

어느 날 내가 학교에서 한창 수업을 하고 있는데 담임 선생님께서 나를 부르셨다. 뭔가 기분이 썩 좋지 않았는데 아니나다를까 선생님은 아버지가 교통사고를 당해서 위급하다고 하셨다. 초조한 마음으로 병원으로 달렸다. 잘못되는 일이 없게 해달라고 수없이 빌었다. 수술실 앞에는 이미 형과 엄마가 와 있었다. 엄마는 형에게 의지해 서계셨다. 수술을 끝내고 나온 의사는 우리 식구에게 죄송하다고 했다.

그 말에 엄마는 그 자리에서 쓰러지셨고 형은 아빠를 살려내라고 절규하듯 소리 쳤다. 그렇게 아버지가 돌아가신 후 우리 가족의 가정형편은 더욱 안 좋

아졌고 엄마는 일 하시느라 늦게 들어오셨다. 나는 엄마에게 힘이 되고자 공부도 더 열심히 하고 늘 웃는 모습으로 엄마를 반기고 집안일도 열심히 했다. 그리고 용돈도 모아서 엄마가 잘 때 얇아진 엄마 지갑에 몰래 돈을 넣곤 했다.

그렇게 내 어린 시절은 지나갔다. 나는 열심히 공부해서 괜찮은 직장을 얻었다. 그렇게 형편이 나아질수록 내 머리 속에서 엄마라는 존재는 잊혀져 가고 있었다. 고향에도 잘 내려가지 않고 돈만 보내 드려도 효도겠거니 생각했다.

그러나 오늘 문득 예전 생각을 하고 나니 엄마를 뵈러 가야겠다는 생각이 들었다. 그래서 내일 가리라 마음 먹고 잠이 들었다. 그런데 그 날 밤 꿈에 엄마가 나타나 내가 보고 싶다고 하셨다. 일어나서 찜찜한 마음에 휴대폰을 확인해 보니 형에게서 연락이 와 있었다. 전화해 보니 엄마가 이제 곧 눈을 감을 것 같다고 한다. 나는 아버지처럼 엄마를 보내고 싶지는 않았다. 당장 차를 타고 대구로 갔다. 흐르는 눈물을 멈출 수가 없었고 가는 내내 엄마가 아빠처럼 떠나지 않게 해달라며 기도했다. 쉬지 않고 달려서 엄마가 있는 집에 도착했다. 형이 울면서 막내 온다고 조금만 참으라 이야기하고 있었다. 나는 엄마에게 안겨서 울며

"엄마마저 이렇게 가면 나랑 형은 어떻게 해."

라고 말했다. 그러자 엄마는 나를 쓰다듬으며 말했다.

"우리 아들, 오랜만에 왔는데 좋아하는 고기라도 해줘야 되는데……. 미안해."

엄마는 이 말씀을 하시고는 눈을 감으셨다.

"엄마 갖고 싶은 거 갖고 하고 싶은 거 해야지. 빨리 일어나."

울부짖으면서 매달려도 엄마는 깨어나시지 않으셨다. 그렇게 우리 엄마는 하고 싶은 것도 못하고 갖고 싶은 것도 못 가지고 아들 효도도 제대로 못 받아보고 그렇게 하늘나라로 가셨다.

어머님께 _god

어머니 보고 싶어요
어려서부터 우리 집은 가난했었고
남들 다하는 외식 몇 번 한 적이 없었고
일터에 나가신 어머니 집에 없으면
언제나 혼자서 끓여 먹었던 라면
그러다 라면이 너무 지겨워서
맛있는 것 좀 먹자고 대들었어
그러자 어머님은 마지 못해 꺼내신
숨겨두신 비상금으로 시켜주신

자장면 하나에 너무나 행복했었어
하지만 어머니는 왠지 드시질 않았어
어머님은 자장면이 싫다고 하셨어
어머님은 자장면이 싫다고 하셨어

야아이아이아~
그렇게 살아가고 너무나 아프고 하지만 다시 웃고

중학교 1학년때 도시락 까먹을때
다같이 함께 모여 도시락 두껑을 열었는데
부잣집 아들녀석이 나에게 화를 냈어
반찬이 그게 뭐냐며 나에게 뭐라고 했어
창피했어 그만 눈물이 났어
그러자 그 녀석은 내가 운다며 놀려댔어
참을 수 없어서 얼굴로 날아간 내 주먹에

일터에 계시던 어머님은 또 다시 학교에
불려오셨어 아니 또 끌려 오셨어

다시는 이런 일이 없을 거라며 비셨어
그 녀석 어머니께 고개를 숙여 비셨어
우리 어머니가 비셨어

아버님 없이 마침내 우리는 해냈어
마침내 조그마한 식당을 하나 갖게 됐어
그리 크지 않았지만 행복했어
주름진 어머니 눈가에 눈물이 고였어
어머니와 내 이름의 앞글자를 따서
식당 이름을 짓고 고사를 지내고
밤이 깊어가도 아무도 떠날 줄 모르고
사람들의 축하는 계속 되었고

자정이 다 돼서야 돌아갔어
피곤하셨는지 어머님은 어느새 깊이
잠이 들어버리시고는 깨지 않으셨어
다시는....

난 당신을 사랑했어요
한 번도 말을 못했지만
사랑해요 이젠 편히 쉬어요
내가 없는 세상에서 영원토록

야아야아아~
그렇게 살아가고 그렇게 후회하고 눈물도 흘리고
야아야아아~
그렇게 살아가고 너무나 아프고 하지만 다시 웃고

변화

_1학년 박주호

서인국, 정은지 'All for you'

'딸랑 딸랑~'

카페에 콜라병 하나가 들어온다. 카페의 모든 늑대들의 시선이 곡선을 따라 내려간다. 그녀는 창가자리의 한 남자에게 다가간다. 그러고는

"종식아, 나 왔어."

라고 부드러운 목소리로 말한다.

그녀의 입에서 달콤한 향기가 나온다. 하지만 종식은 그녀의 아름다운 모습에는 관심이 없는 듯하다. 남자는 단지

"왜 이렇게 짧은 거 입고 왔노."

라고 언짢은 표정으로 말한다. 여자는

"이게 뭐가 짧어? 요즘 다 이렇게 입고 다녀. 진짜 넌 나이도 젊은 게 생각은 완전 할아버지다."

라고 투덜대며 음식을 시킨 후 10여 분간 연설을 토해낸다. 남자는 듣기 지겨웠는지

"알았다. 내가 잘못 했으니까 밥이나 먹자."

한다. 그녀도 말을 너무 많이 해서인지 허기가 지나보다. 물을 마시고 바로 음식을 먹기 시작한다. 밥을 다 먹고는 영화관에 가서 영화를 보고 많은 사람들

이 활보하는 거리로 나왔다. 자신의 시계가 10시 10분을 가리키고 있는 것을 본 종식은 여자에게

"소연아, 너무 늦었다. 그만 집에 가자. 데려다 줄게."

라고 했다.

"뭐가 늦어? 아직 10시 10분밖에 안 됐네. 조금 더 있다 들어가자."

"이 늦은 시간에 무슨 여자가 싸돌아 댕기노. 빨리 집에나 가자."

그 말을 들은 소연은 어이가 없어 그냥 종식을 두고 가버렸다. 당황한 종식은 넋 놓고 있다가 곧 뒤따라 가보지만 소연은 이미 어디론가 사라진 뒤였다. 집으로 가는 동안, 그리고 집에 도착해서도 소연에게 전화를 걸어보았지만 소연은 전화를 받질 않았다. 처음에는 조금 걱정하는 듯했지만 그것도 잠시, 점점 무덤덤하게 전화를 걸 뿐이었다. 이런 일이 자주 있었나 보다. 하는 수 없이 종식은 문자를 보냈다. 그리고 그냥 자버렸다.

한편 소연은 종식에게서 떨어져 나왔지만 할 것도 없었기에 그냥 하는 수 없이 집으로 돌아갔다. 집에 와서 휴대폰을 보고서야 종식이 전화를 10통이나 한 것을 알았다. 그리고 한 통의 문자가 와 있었다. '잘 들어갔나?' 소연은 이것뿐인가 생각하고는 일부러 답장을 하지 않았다. 그리고 소연도 뇌의 활동을 멈추었다.

아침햇살이 떠오르고 시끄러운 알람이 세 번 정도 울리고 나니 소연도 종식도 잠에서 깨어났다. 어젯밤 그런 일이 있었지만 종식은 전혀 개의치 않고 출근을 했다. 그 시각 소연도 출근 준비를 마치고 현관문을 나섰다. 사무실에 도착. 종식과의 기념일로 가득 채워진 달력을 보니 그가 생각났다. 아침회의를 이끌고 일에 열중하다 보니 시간은 어느새 정오를 가리키고 있었다.

"소연 대리님, 점심 같이해요."

소연은 모두를 데리고 회사 앞 음식점들이 많은 거리로 나왔다. 삼겹살, 부대찌개, 쌈밥, 자장면……. 수없이 많은 음식들 중 쉽게 결정을 못하고 있는데 보쌈이 어떠냐는 누군가의 말에 보쌈집으로 향했다. '종식이도 보쌈 진짜

좋아하는데……' 라는 생각에 엷은 미소가 지어졌다. 식사를 마치고 다시 회사로 돌아갔다.

한편 종식도 그의 동료들과 식사를 하고 다시 회사로 돌아가서 자리에 앉았다. 그때부터 종식은 막 출발한 기차처럼 일에 속도를 올린다. 그러다 보니 어느새 종점에 도착해 있었다. 퇴근 때까지 소연이 연락이 없자 친구인 민혁과 현우에게 전화를 걸어 근처 호프집에서 술을 마시기로 했다. 종식이 먼저 도착하고 몇 분 뒤 민혁과 현우가 왔다.

"오랜만이네?"

"뭐가 오랜만인데. 4일 전에 봐놓고서는. 하하."

"그냥 좀 농담 좀 해본 거지. 하하하, 근데 니네 둘이 어떻게 같이 왔노?"

"그냥 내가 전화해서 같이 가자고 했다."

현우가 말했다. 그리고 술을 마시며 계속 이야기를 나눴다.

"아! 현우야 결혼 준비는 잘 돼가나?"

"뭐, 피곤한 거 빼고는 다 좋은 거 같다. 니도 소연이랑 잘 지내제? 아, 소연이 본 지 좀 오래된 거 같네. 나중에 한 번 니랑 소연이랑 우리들 여자친구랑 여섯이서 다같이 보자. 알았제?"

현우가 물어도 종식은 대답을 않는다.

"종식이 너, 설마……. 또 싸웠어? 이번에도 예전 그 이유는 아니제?"

"그게……. 솔직히 밤 10시 지났으면 늦었으니까 일찍 들어가자고 한 것뿐인데……. 사실 내가 그렇게 잘못한 것도 아니지 않나?"

"야, 요즘 10시면 초저녁에서 조금 지난 건데 뭐 그때 들어가자 하노. 가끔 내 니 볼 때마다 '이 녀석이 진짜 20대 맞나?' 라는 생각이 든다. 니 계속 그러다 소연이가 니보고 헤어지자고 하면 어떡할 건데?"

"설마 헤어지자 하겠나?"

민혁은 자신이 소연인 양

"하…… 니 진짜 답답하다. 니 진짜 그러다 헤어진다. 앞으로 좀 너무 보수

적이게 굴지 마라. 솔직히 요즘 소연이처럼 능력 있고 착하고 얼굴 반반한 그런 애들 어디 만나기 쉬운 줄 아나?"

종식은 그 후 민혁, 현우와 대화는 하고 있어도 머릿속은 온통 소연에 대한 걱정으로 채워졌다. 술에 취해 집에 돌아가던 종식은 공원 벤치에 앉았다. 소연과의 깊은 대화, 첫 키스, 싸움, 화해 등의 추억들이 떠오르면서 '싸웠을 때도 있었지만 그래도 같이 있어서 좋았지.' 라는 생각과 호프집에서 민혁이가 했던 말이 떠오른다. 갑자기 종식의 눈에서 별똥별이 떨어진다.

그 후로 며칠이 지났다. 소연도 종식에게서 너무 연락이 없어 걱정이 되기 시작했다. 집에 돌아와서도 걱정이 가시지 않아 무작정 종식의 집에 찾아가려고 나왔다. 익숙한 골목을 지나는데 뜻하지 않게 종식을 만났다. 종식은 미소를 지으며 소연을 반기고 있었다. 둘은 서로 마주보며 섰다.

"소연아, 나 내가 정말 너랑 어울리는지 생각해 봤어. 또 많이 고민도 했어. 그런데 너 없는 시간이 정말 너무 힘들고 지치더라. 그제서야 '내가 진짜 너 없으면 안 되는구나' 라는 생각이 들었어. 앞으로 니가 싫어하는 내 모습, 노력해서 바꿀게. 많이 모자라고 부족하지만…… 너 진짜 사랑한다."

종식이 쑥스러운 듯 말하였다. 잠시 정적이 흐르고 갑자기 소연이 종식을 왈칵 껴안았다. 달빛에 비친 두 사람의 그림자는 마치 한 사람처럼 보였다.

all for you _서인국, 정은지

all for you ~
벌써 며칠째 전화도 없는 너
얼마 후면 나의 생일이란 걸 아는지
눈치도 없이 시간은 자꾸만 흘러가고
난 미움보다 걱정스런 맘에
무작정 찾아간 너의 골목 어귀에서
생각지 못한 웃으며 반기는 너를 봤어

사실은 말야 나 많이 고민했어
네게 아무것도 해줄 수 없는 걸
아주 많이 모자라도 가진 것 없어도
이런 나라도 받아 줄래

너를 위해서 너만을 위해서
난 세상 모든 걸 다 안겨 주지는 못하지만
난 너에게만 이제 약속할게
오직 너를 위한 내가 될게

It' s only for you just wanna be for you
넌 그렇게 지금 모습 그대로 내 곁에 있으면 돼
난 다시 태어나도 영원히 너만 바라볼게

넌 모르지만 조금은 힘들었어
네게 어울리는 사람이 나인지
그건 내가 아니라도 다른 누구라도
이젠 그런 마음 버릴래

너를 위해서 너만을 위해서

난 세상 모든 걸 다 안겨 주지는 못하지만
난 너에게만 이제 약속할게
오직 너를 위한 내가 될게

It's only for you just wanna be for you
넌 그렇게 지금 모습 그대로 내 곁에 있으면 돼
난 다시 태어나도 영원히 너만 바라볼게

(love 내 작은 맘속을 oh love 네 향기로 채울래)
그 속에 영원히 갇혀 버린대도
난 행복할 수 있도록

너를 위해서

너를 위해서 너만을 위해서
난 세상 모든 걸 다 안겨 주지는 못하지만
난 너에게만 이제 약속할게
오직 너를 위한 내가 될게

It's only for you just wanna be for you
넌 그렇게 지금 모습 그대로 내 곁에 있으면 돼
난 다시 태어나도 영원히 너만 바라볼게

끝사랑

_2학년 남중일

김범수, '끝사랑'

그녀와 헤어진 지 벌써 2년이 지났다. 아직까지 그녀는 내 옆에 있는 것만 같고 눈을 잠시 감았다가 뜨면 웃으며 반겨주는 그녀의 모습이 보일 것만 같았다. 그녀와의 다툼보다는 행복했던 일들이 머릿속에 남았고 다시 그녀를 볼 수 없을 거라는 생각에 눈물이 쏟아졌다.

그녀와 헤어지던 날, 그녀는 울며 나에게 이별을 고했다. 하지만 내 가슴이 이렇게 찢어질 듯 아픈데 그녀의 마음은 얼마나 힘들까 생각하며 눈물을 참고 그녀의 이별 통보를 받아들였다. 그녀와 헤어지고 집에 돌아오는 길에는 그녀와의 추억만이 내 머릿속에 남아 있었다. 재미있는 영화도 보고 친구들을 만나 아무리 웃어보려 했지만 내 얼굴은 굳은 찰흙 마냥 움직이지 않았다. 하루는 우연히 그녀와 손을 잡고 걸었던 거리를 걷게 되었다. 그 때와 달리 내 옆에는 아무도 없었기에 다시 한 번 그녀와의 이별을 실감하게 되었다. 그녀가 나에게 했던 말들이 떠올랐다.

"오빠는 나에게 과분해."

나는 이 말을 웃으며 넘겼지만 그녀에겐 마음 깊이 묵혀두었던 말이었을 것이다. 그녀와 헤어지니 내가 그녀에게 잘못한 것들이 너무 많이 떠올라 미안한 생각밖에 없었고 이런 나에 비해 나에게 모든 것을 주었던 그녀는 내 옆에 남겨 두기엔 너무 미안한 사람이었다.

어느 날 신호등 건너 걸어가는 그녀를 보았다. 신호등의 불이 바뀌고 그녀를 급히 따라가 보았지만 볼 수 없었다. 무거운 몸을 이끌고 집에 돌아오는 길에 익숙한 목소리가 나의 이름을 부르고 있었다.

"오빠."

바로 그녀였다. 나는 아무 말도 할 수 없었다.

"나…… 내일 미국으로 떠나……."

가슴이 철렁 내려앉는 듯했다. 그녀의 눈에서는 눈물이 쏟아지고 있었고 나는 아무 말 없이 그녀를 안아 주었다.

"사랑해"

그녀는 이 말 한 마디를 남기고 떠나 버렸다.

집으로 돌아온 나는 흐르는 눈물을 주체할 수 없었고 그렇게 울다가 하루가 끝나버렸다. 그녀는 떠나 버렸고 그녀가 나에게 마지막으로 한 '사랑해' 그 말 한 마디는 그녀를 더욱 잊지 못하게 했다. 그녀는 나의 첫사랑이자 마지막 사랑이었고 그녀만이 영원한 내 사랑이었다.

그리고 나는 그녀를 혼자 보낼 수 없었기에…….

"미국행 비행기가 곧 출발합니다."

끝사랑 _김범수

내가 이렇게 아픈데 그댄 어떨까요
원래 떠나는 사람이 더 힘든 법인데

아무 말하지 말아요 그대 마음 알아요
간신히 참고 있는 날 울게 하지 마요

이별은 시간을 멈추게 하니까
모든 걸 빼앗고 추억만 주니까
아무리 웃어 보려고 안간힘 써 봐도
밥 먹다가도 울겠지만

그대 오직 그대만이 / 내 첫사랑 내 끝사랑
지금부터 달라질 수 없는 한 가지
그대만이 영원한 내 사랑

그대도 나처럼 잘못했었다면
그 곁에 머물기 수월했을까요
사랑해 떠난다는 말 / 과분하다는 말
코웃음 치던 나였지만

그대 오직 그대만이 / 내 첫사랑 내 끝사랑
지금부터 그대 나를 잊고 살아도
그대만이 영원한 내 사랑

나는 / 다시는 사랑을 / 못할 것 같아요
그대가 아니면

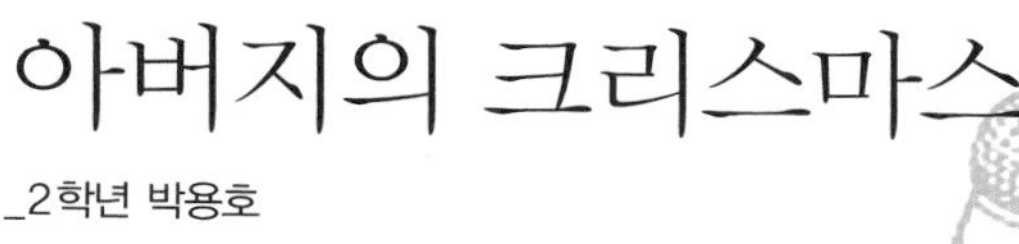

아버지의 크리스마스

_2학년 박용호

MC 스나이퍼, 'Geto christmas'

"쓰… 이번 겨울은 정말 더럽게 춥네. 안 그래요, 요한 아저씨?"

옆에 앉아 있던, 이 공장에 들어온 지 얼마 안 된 앳된 청년 하나가 말을 걸어 왔다.

"그러게다. 요새 날씨가 쌀쌀한 게 눈이라도 오려나 싶다."

"그러게요. 나 눈 오는 거 좋아하는데. 근데 휴대전화를 왜 그렇게 보고 계세요?"

"아, 이거? 우리 애들 사진 보고 있었지. 이거 봐봐. 귀엽지?"

"아드님이랑 따님인가요? 둘 다 아저씨를 닮은 게 크면 한 인물 하겠는데요?"

"요즘 애들 보는 맛에 산다."

"아저씬 무지 좋은 아버지인가 보네요."

"허허, 그렇게 보이나?"

"거기서 뭐하나. 점심시간 끝났어. 일들 하자고."

"예예, 갑니다."

청년은 선선히 대답을 하고는 라인으로 뛰어갔다. 나도 손에 들고 있던 식은 커피를 마시며 천천히 걸어 들어갔다.

'좋은 아버지라…'

요즘 내 퇴근 시간은 한밤중이다. 원래 이렇게까지 늦은 시간은 아니었는데 크리스마스다 뭐다 해서 그날은 쉬게 해준다는 핑계로 공장장 놈이 야간 작업까지 시키고 있는 것이다. 힘들긴 하지만 그날 하루만큼은 우리 애들과 하루 종일 놀아줄 수 있다고 생각하니 절로 어깨에 힘이 들어갔다.

'요즘 힘들다고 애들한테 너무 소홀했으니 크리스마스 하루는 애들과 놀아주면서 보내야지.'

그런 생각을 하며 졸린 눈을 비비며 나를 기다리고 있을 아이들 곁으로 돌아갔다.

"아빠 오셨다!"

우당탕탕 소리가 들리며 은성이, 은호가 문을 열고 초롱초롱한 눈으로 날 보며 인사했다.

"이 녀석들, 지금까지 안자고 뭐했어?"

"아빠 기다렸어."

"그러지 말고 일찍 자라니까……."

말로는 그러면서도 너무도 사랑스럽고 기특했다.

"아빠, 아빠. 이번 크리스마스는 나랑 은호랑 하루 종~일 놀아주는 거다?"

"그럼 당연하지. 은성이랑 은호랑 아빠가 못 놀아 준 거 다 놀아 줄게. 약속!"

-그렇게 또 하루 아이들과의 행복한 나날이 지나갔다.

"아니 이봐. 이건 약속이 틀리잖아! 분명히 이번 주 야간 작업 하는 대신에 내일은 쉬게 해준다며!"

크리스마스 이브 아침, 여느 때처럼 은성이를 초등학교에 데려다 주고 공장으로 달려와 작업복을 입고 나오는데 사람들이 공장장을 보고 뭐라고 소리치고 있었다.

"여보게, 무슨 일인가? 뭐길래 아침부터 이 소란이야?"

"아니 글쎄, 이 양반이 한 입 갖고 두 말을 하잖아."

얼굴이 벌겋게 달아오른 송씨가 공장장에게 삿대질을 하며 흥분해 소리쳤다.

"공장장님. 이게 무슨 소립니까? 한 입으로 두 말이라니요?"

"아니 그게……. 이번 달 작업량이 늘어나서 내일도 공장에 나와야 된다고."

"잠깐만요. 내일이면 크리스마스잖아요? 안 되는데……."

"아, 아무튼 난 얘기했네. 내일 반드시 나오게."

'아…… 안 되는데. 아이들이랑 약속했는데…….'

일을 하는 내내 머릿속에서 아이들에 대한 미안함을 떨칠 수가 없었다.

'어떡하지. 애들 무지 기대하고 있을 텐데.'

평소보다도 유독 피곤한 퇴근길을 터벅이며 걸어가고 있었다. 그때 뒤에서 "여~ 김씨." 하고 걸걸한 목소리로 누군가가 나를 불렀다. 돌아보니 우리 집으로 올라가는 큰길 옆 교회의 오 목사였다. 나랑은 고향도 같고 워낙 성격 따뜻한 사람이기에 평소에 친하게 지내고 있다. 은성이와 내가 나가면 집에 혼자 있을 은호를 교회로 데려가 같이 놀아주는 고마운 친구이기도 하다.

"요한이, 오늘은 기운이 없어 보이는데 무슨 일 있나?"

"일은 무슨……. 그냥 좀 피곤해서 그런 걸세. 그것보다 요새 우리 은호는 어떻던가? 친구는 좀 생겼나?"

"그럼 워낙 성격도 밝고 활달한 아이라 아이들과 잘 어울리는 모양이더군. 아까는 교회 성탄 공연 준비도 도와주던 걸?

오 목사가 교회 앞뜰에 쌓여 있는 낡은 공연 장비들을 가리키며 얘기했다.

"저건 죄다 버리나보지?"

"너무 낡아서 새 걸로 바꾸거나 필요한 걸 우리끼리 만들었어. 그것보다 자네 한 잔하러 안 갈 텐가? 내가 사지."

"어차피 가짜 목사라지만 이렇게 대놓고 음주를 즐기면 쓰나."

그렇다. 사실 오 목사는 정식 목사가 아니다. 그는 철거 예정이던 교회건물을 사서 주변의 혼자 있는 아이들을 돌보고 있는 것이다. 교회 사람들도 그가 아이들을 데리고 와서 함께 놀아주는 모습을 보며 그를 도와주겠다고 나선 사람들이다.

"평소엔 잘만 같이 마셔놓고 이제 와서……."

"하긴, 그래도 오늘은 넘어가지. 애들이 기다리거든."

"암튼 애들 밖에 모르는군. 그럼 내일 애들 데리고 교회라도 오게. 그래도 성탄절이라 빵도 나눠주고 연극도 하고 노래도 부르고……. 애들도 재밌어할 거야. 안 그래도 은호는 오늘 하루 종일 내일 아빠랑 논다면서 좋아하더만……."

오 목사의 말에 순간 가슴이 뜨끔해져서 나도 모르게 말을 더듬었다.

"그…… 그런가. 많이 기대하던 모양이지?"

"아무렴. 오늘 신나서 내일 자네랑 놀 계획을 잔뜩 얘기하던걸."

–은호의 천진난만한 웃는 모습이 떠오르면서 다시 머릿속이 아파왔다.

"그럼 내일 보세. 빨리 올라가게. 애들 기다린다며?"

"그, 그래야지. 나중에 보세."

오늘도 어김없이 문 안쪽에서 우당탕탕 하는 소리가 들려왔다.

"아빠~!"

유독 신나 보이는 아이들의 얼굴을 보는 순간 너무나 미안한 마음에 평소처럼 웃어 줄 수가 없었다. 그런 내 마음을 아는지 모르는지 은성이와 은호는 신나서 낮에 있었던 일들을 얘기해 주었다. 그러다 은성이가

"아빠, 그래서 있잖아, 선생님이 그러시는데 크리스마스는 아기 예수가……."

크리스마스 얘기가 은성이 입에서 나오자 아이들에 대한 미안함에 고민하던 나는 나도 모르게 짜증 섞인 목소리로 은성이의 말을 끊었다.

"은호야 은성아, 아빠가 지금 좀 많이 피곤해서 그러는데 아빠 좀 쉬면 안 될까?"

이렇게 말하고는 아이들 이불을 가지러 가려고 일어서는데, 갑자기 은호와 은성이가 내 팔을 잡더니

"아빠, 잠깐만 부탁할 거 있어."

라고 말하고 쏜살같이 가방 놓아 둔 데로 가서 가방 속의 종이 뭉치들을 막 뒤지더니 뭔가를 꺼내 기대하는 표정으로 나에게 내밀었다.

"아빠! 아빠! 저기 있잖아, 애들이 그러는데 크리스마스에는 부모님들한테 갖고 싶은 거나 하고 싶은 거 다 얘기하면 산타할아버지가 듣고 선물을 준대. 그래서 은호랑 나랑 갖고 싶은 거 다 적었어."

아이들이 건네준 선물 리스트에는 로봇 장난감, 말하는 인형, 장난감 칼 등 평소에 졸라댔던 물건들이 삐뚤빼뚤한 글씨로 적혀 있었다. 돈이 없었던 나는 아이들이 조를 때마다 '다음에 사줄게, 나중에 사줄게' 하며 아이들을 달랬었고 그때마다 아이들에게 너무도 부끄러웠다. 그리고 특유의 강아지 같은 초롱초롱한 눈망울을 굴리며 선물리스트를 건네주는 아이들을 보면서 아이들이 원하는 작고 소소한 것들조차 해주지 못하는 가난한 아버지인 내가 너무도, 너무도 원망스러워 화가 났다.

"이런 거 아빠한테 줘 봤자 돈 없어서 못 사주니까 당장 치워!"

싱글벙글했던 아이들은 평소와는 너무도 다른 내 행동에 놀라 울상이 되었고 나는 내 무능함 때문에 아이들에게 화를 낸 나 자신이 너무도 싫었다.

"뚝 그쳐! 질질 짜지 말고 가서 잠이나 자! 어차피 아빠 내일 일 가니까 교회라도 가서 니들끼리 놀아!"

화를 내고 집 밖으로 나왔다. 그리고 술이라도 마시기 위해 골목길을 걸어 내려갔다. 그때 너무도 반가운 얼굴 오 목사가 보였다. 그는 아까와는 다르게 벌겋게 상기된 내 얼굴을 보며 무슨 일이냐고 달려왔고 나를 근처의 술집으로 데려갔다. 집에서 있었던 일을 잠자코 들어주던 오 목사는 내 어깨를 두드리며 나를 위로해 줬고, 내일 아침에 무슨 일이 있어도 아이들한테 사과하고 저녁 때라도 놀아주라는 이야기도 잊지 않았다.

술을 마신 후 비틀거리며 집으로 돌아간 나는 아이들의 얼굴을 볼 자신이 없어 안에서 소리가 들리는지 안 들리는지 한참이나 확인한 후에 조심스럽게 문고리를 돌렸다. 내가 열어놓은 문으로 달빛이 들어와 자고 있던 아이들을 비추었다. 아이들은 울다가 지쳐서 잠들었는지 눈가가 부어 있었다. 그 모습이 너무나 마음 아파 아이들에게서 눈을 돌렸는데 아이들이 쓴 선물리스트가 방 한 켠에 놓여 있는 게 보였다. 종전의 기억이 떠올라 그 종이를 치우려고 주웠는데 뒷면에도 글자가 적혀 있었다.

하고 싶은 거 – 아빠랑 하루 종일 놀기, 아빠랑 맛있는 간식 먹기, 아빠가 웃는 얼굴 그리기

"아……."

더 이상 목이 메어 아무 말도 할 수가 없었다. 아이들은 값비싼 선물을 바란 것이 아니었다. 아이들은 그저 나와 –이 초라한 아버지와 함께 있고 싶었을 뿐이었다. 눈물이 멈추지 않았다. 퉁퉁 부은 눈으로 자고 있는 아이들 옆에서 종이를 얼굴에 대고 소리 없이 밤새도록 흐느꼈다.

그렇게 성탄절 아침이 밝았다. 어젯밤에 피곤했는지 아이들은 곤히 자고 있었다. 나는 얼른 간단한 아침을 해놓고 자고 있는 아이들의 이마에 입을 맞추고 공장으로 출근했다.

거의 일이 끝나가던 초저녁. 기계 위쪽 스피커에서 방송이 흘러나왔다.

–아아, 작업반에서 알립니다. 오늘 성탄절 잔업은 여기서 종료하겠습니다. 수고하셨습니다. 그리고 오늘 잔업수당은 곧장 지급해 드리니 퇴근 시에 빼먹지 마시고 받아 가시기 바랍니다.

"에이, 고작 이것밖에 안 주나?"

옆에서 송씨가 불만스러운 표정으로 혼잣말을 했다. 확실히 많은 금액은 아니었으나 오늘 나에게는 매우 의미 있는 돈이다. 얼른 작업복을 갈아입고 달동네 아래쪽의 슈퍼로 달려갔다. 거기서 평소에 은성, 은호가 좋아하던 과자들을 잔뜩 골라 봉투에 다 집어넣고 음료와 다른 몇 가지를 더 산 후에 집으로 달려갔다.

그러다 '아차차. 들를 곳이 남았지.' 하고는 곧장 교회로 달려갔다. 성탄 축하 행사가 끝나고 뒷정리를 하고 있었다. 오 목사는 다른 사람들과 함께 남은 빵을 상자에 담고 있었다. 나는 그 옆으로 달려가 아까 슈퍼에서 산 맥주 캔을 꺼냈다.

"오 목사. 어제는 정말 고마웠네. 자 이거 마시고 하게"

"오, 요한이 왔는가? 그래, 애들한테 사과는 했고?"

"아직, 이제 하러 가야지. 그 전에 자네한테 먼저 들른 거네. 어제 일 고맙다는 인사를 하고 싶어서."

"이 친구도 참, 그 정도 가지고 뭘 그러나. 뭐, 마침 온 김에 이거나 애들한테 가져다주게."

하고는 빵이 가득 든 상자를 내밀었다.

"고맙네, 친구. 그럼 기왕 받아가는 거 저것도 좀 빌려가도 되겠나?"

"저걸? 뭐 상관은 없지. 애들한테 어지간히 미안했나 보군."

"후~"

심호흡을 하고 마음의 준비를 한 뒤 애들이 기다리고 있을 집 앞에서

"메리 크리스마스!"

하고 소리를 질렀다. 내 목소리를 들은 아이들은

"아빠!"

하며 문을 열다가 깜짝 놀라 그 자리에서 멍하니 서 있었다. 문 앞에 있던 것은 다 늘어난 추리닝 차림의 수염투성이 아빠가 아니라 커다란 상자와 과자 봉지를 들고 있는 '산타 할아버지' 였기 때문이다.

루돌프도 썰매도 없는 낡은 옷의 산타지만 아이들을 향해

"크리스마스 선물이다!"

하며 과자와 교회에서 받아온 크림빵을 가득 안겨 주었다. 그러나 아이들은 과자는 보지도 않고 내 품에 안겨 들어 왔다. 나는 내 천사들을 두 팔로 번쩍 안아 올렸다.

"아빠 최고! 사랑해요!"

아이들은 감동받은 나를 둘이서 꼭 안아 주었다. 추운 겨울의 성탄절이었지만 아이들의 품은 세상의 어떤 난로보다 더 훈훈하게 내 마음을 녹여주었다.

"자, 애들아. 이제 선물 풀자!"

방바닥 가득히 빵과 과자를 쫙 펼쳐 놓았다. 그러다 은성이가 일어나더니 스케치북과 크레파스를 가져왔다. 그리곤 은호와 함께 내 얼굴을 그리기 시작했다.

"아, 아빠. 가만히 좀 계세요. 자꾸 움직이면 그림 못 그려요. 더 웃어요. 스마일!"

"허허 알았다, 욘석들아. 아빠 잘 그려 줘야 한다?"

"히히. 다 그렸다."

둘 다 그림을 다 그리고는 자랑스럽게 내밀었다. 크레파스로 그린 내 얼굴 위에는 두 그림 모두 '아빠 사랑해요' 라고 커다랗게 쓰여 있었다.

나는 내 아이들을 품에 꼭 끌어안으며 세상을 다 가진 것처럼 웃었고 아이들도 내 품에서 천진난만한 눈으로 따라 웃었다.

—조금 전부터 내리기 시작한 눈과 함께 크리스마스의 밤은 하얗게 물들어 갔다.

Geto Christmas _ MC 스나이퍼

어머니 보고 싶어요
차가운 눈이 내리고 슬픈 크리스마스
내 마음도 새하얗게 모두 덮어 지울 수 있을까
밝은 거리 사람들 혼자 걷는 발걸음도 지쳐가는데
웃을 수 있을까 Lonely Christmas
백열전구 깜빡이는 비좁은 단칸방 이곳에도 찾아왔어 크리스마스 성탄
교회에서 나눠주는 몇 장의 연탄값 이때만 먹여주는 달달한 단팥빵
되물림 되는 가난 되풀이 되는 방황 추운 겨울에도 못 켜 난 난방용 전기장판
가난해서 갇혔나봐 철창 없는 감방 왜 매년 바쁜 거야 크리스마스 싼타는
대통령이 그 누가되든 나와는 상관없어 그들은 절대 내 가족 배고픔에는 관심없어
하얀 눈덩이처럼 불어나는 빚에 미래가 저당 잡힌 인생
비를 피해 우산을 써도 내 맘엔 항상 비 새
가난은 죄인가 꿈을 꾸고 믿는 것조차도 사치인가?
우릴 죄인 취급하는 세상의 시선이 두렵다 크리스마스 이브
혼자 뒤집어쓴 이불 따스한 가족 성탄절은 그저 남 얘기뿐
차가운 눈이 내리고 슬픈 크리스마스
내 마음도 새하얗게 모두 덮어 지울 수 있을까
밝은 거리 사람들 혼자 걷는 발걸음도 지쳐가는데
웃을 수 있을까 Lonely Christmas
서울 생활 10년 동안에 못 만들었어 방 한 칸
가스 끊긴 전기장판 위에서 보내는 성탄
일하다 다친 애들 딸린 한 가장의 손가락
이제나 저제나 애비를 기다리는 애들 숟가락
막내 녀석은 떠난 엄마가 보고 싶어서 질질 짜
큰 녀석은 엄마를 용서 못 해 항상 맘 아파 맘 아파
올 겨울엔 아빠가 되줄게 산타
우리 가족 오붓한 크리스마스 성탄
너네를 위해 난 살겠어 할 수 있어 날 수 있어

불편한 작은 손이라도 너네를 잡고 뛸 수 있어

일하다 보는 전화기 속 우리 애들 사진

나를 웃게 만드는 너네 둘을 보고 살지

인생의 아픔 너네 둘을 보면서 싸워 이겨낸다

인생의 낙은 너네 둘을 키우면서 느끼네

교회 한번 안 나가본 아빠의 성탄 노래

올 겨울이 가기 전에 용기를 내서 부를게

차가운 눈이 내리고 슬픈 크리스마스 내 마음도 새하얗게 모두 덮어 지울 수 있을까

밝은 거리 사람들 혼자 걷는 발걸음도 지쳐가는데 웃을 수 있을까

Lonely Christmas 새 하얘서 내 안에서 슬픈 Geto Christmas,

Geto Christmas Geto Geto Christmas X 4